www.ingramcontent.com/pod-product-compliance
Lightning Source LLC
LaVergne TN
LVHW010819051026
849532LV00007B/2577
* 9 7 8 9 3 6 9 0 8 1 1 2 7 *

رشتے

(افسانے)

عابد سہیل

Rishtey *(Short Stories)*
by: Abid Suhail
Edition: October '2025
Publisher :
Taemeer Publications LLC (Michigan, USA / Hyderabad, India)

ISBN 978-93-6908-112-7

کتاب	:	**رشتے** (افسانے)
مصنف	:	**عابد سہیل**
پروف ریڈنگ / تدوین	:	سید حیدرآبادی
صنف	:	فکشن
ناشر	:	تعمیر پبلی کیشنز (حیدرآباد، انڈیا)
سالِ اشاعت	:	۲۰۲۵ء
صفحات	:	۱۱۸
سرورق ڈیزائن	:	تعمیر ویب ڈیزائن

فہرست

ا

سب سے چھوٹا غم

اس نے تینوں طرف کی جالیوں میں بندھے ہوئے ہزاروں بلکہ لاکھوں دھاگوں کو دیکھا اور ان میں دس سوا دس سال قبل اپنے باندھے ہوئے دھاگے کو تلاش کرنے لگی۔

بائیں طرف والی جالی پر جس کے باہر گیندے کے پیلے پیلے پھول اور ہار ڈھیر تھے اور بہت سے دیے جل رہے تھے، اس نے اپنے دھاگے کو پہچاننے کی کوشش کی۔ اسے خوب اچھی طرح یاد تھا کہ اس طرف جالی کے بالکل کونے میں اس نے دھاگے میں ایک گرہ لگائی تھی اور پھر دوسری گرہ جاوید نے۔ اسے یہ بھی یاد تھا کہ ابھی اس کی انگلیاں پوری طرح گرہ لگا بھی نہ پائی تھیں کہ جاوید کی انگلیاں وہاں پہنچ گئی تھیں اور انگلیوں کے اس لمس کے بعد جاوید اس کی آنکھوں میں جھانک کر مسکرانے لگا تھا اور وہ شرما کر نیچے دیکھنے لگی تھی۔ لیکن ان کا باندھا ہوا دھاگا کون سا تھا؟ اس لمحہ اسے خیال آیا کہ اس وقت اس جگہ شاید بہت زیادہ بھیڑ تھی اور جاوید نے آنکھوں ہی آنکھوں میں اشارہ کیا تھا اور وہ سامنے والی جالی پر چلی گئی تھی۔

یہ سوچ کر اس نے درمیان والی جالی کا رخ کیا لیکن قدم آگے بڑھانے سے قبل اس نے ایک بار پھر اس جالی پر نظر ڈالی جیسے وہ اپنا باندھا ہوا دھاگا پہچان ہی تو لے گی۔ دوسری جالی پر پہنچتے پہنچتے اسے ایسا لگا جیسے پہلی جالی پر جا کر اس نے غلطی کی تھی اور اسے

اس کی یاد داشت نے دھوکا دیا تھا۔ دھاگا تو اس نے یہیں باندھا تھا، بالکل کونے میں۔ لیکن یہاں بھی لاکھوں دھاگے بندھے تھے۔ کسی میں ایک گرہ تھی، کسی میں دو۔ ان میں اس کا اپنا کون سا تھا؟ اس نے کونے کے دھاگوں پر ہاتھ پھیرا، آہستہ آہستہ، جیسے جاوید کے ہاتھوں کے لمس سے وہ اپنے دھاگے کو پہچان ہی تو لے گی۔ لیکن کہیں خواہشوں کی گرمی تھی، کہیں آرزوؤں کی نرمی اور کہیں مایوسیوں کی تاریکی اور مصائب کی سختی۔

اس نے دوسری بار اسی کونے کے دھاگوں پر ہاتھ پھیرنے کا ارادہ کیا ہی تھا کہ ایک دبلی پتلی، گوری چٹی لمبی سی عورت وہاں آگئی۔ وہ کچھ دیر تو خاموش کھڑی جالی کو ایک ٹک دیکھتی رہی۔ پھر اس نے دائیں طرف کی جالی میں لال دھاگا باندھا، مڑ کر عقیدت سے مزار کی طرف دیکھا اور آنسو پونچھتی ہوئی باہر نکل گئی۔ وہ عورت جوں ہی باہر نکلی، اس نے اس کے باندھے ہوئے دھاگے پر انگلی رکھ دی۔ اکتوبر کی ان ابتدائی تاریخوں میں جب دھوپ چھاؤں کے موسم کے باوجود مزار کے باہر وسیع و عریض آنگن کا ایک ایک پتھر تپ رہا تھا، ایک سرد لہر اس کے رگ و پے میں سرایت کر گئی۔ دھاگا سمٹا، پھر پھیلا اور دو آنکھیں بن گیا۔ رحم کی بھیک مانگتی ہوئی آنکھیں۔ دو لب بن گیا، خواہشوں کو گویائی عطا کرتے ہوئے لب "اے شیخ تو نے بادشاہوں کی جھولیاں مرادوں سے بھر دی ہیں۔ میری جھولی میں بھی ایک گلاب ڈال دے۔"

وہ اسی جگہ کھڑے کھڑے کانپ گئی۔ جیسے نیند سے اچانک کوئی کسی کو جگا دے یا کوئی بے حد بھیانک خواب سے جاگ پڑے۔ اس نے اپنے دونوں طرف مسہری پر سوتے ہوئے دونوں بچوں کو ٹٹولنے کے لیے ہاتھ بڑھائے لیکن اس کا بایاں ہاتھ محراب سے اور دایاں نہایت خوبصورت کپڑوں میں ملبوس ایک عورت سے ٹکرا گیا۔ کمر میں سونے کی کر دھنی، کانوں میں سونے کے بندے جن میں ہیرے چمک رہے تھے، گویا

خواب سے جاگنے کے بعد حقیقت سے اس کا پہلا ٹکراؤ تھا۔ کھلتا ہوا گندمی بلکہ شاید گورا رنگ جس کو خوشحالی، خوشیوں بھری زندگی نے اور بھی حسین بنا دیا تھا، بلکہ چمکا دیا تھا۔

اس عورت کو بھی بھلا کوئی غم ہو سکتا ہے؟ اس نے بالائی کی رنگت والے ملائم اور گداز ہاتھوں کو دیکھا۔ نظریں جھکا کر دونوں چھوٹے چھوٹے پیروں کو دیکھا، ایسے چھوٹے چھوٹے خوبصورت پیر جیسے انھیں بچپن میں لوہے کے جوتے پہنا کر رکھا گیا ہو۔ پھر سر اٹھا کر کنکھیوں سے ان بڑی بڑی آنکھوں کی طرف دیکھا جو تھوڑی دیر قبل اس کو ایسی لگی تھیں جیسے کسی نے گلاب کے کٹورے بھر دیے ہوں۔ لیکن اب یہ گلاب کے کٹورے چھلکنے ہی کو تھے اور آنسوؤں کے دو قطرے دونوں کٹوروں کے کونوں سے ٹپک پڑنے کے لیے پر تول رہے تھے۔

اس عورت کو بھلا کیا غم ہو سکتا ہے؟ اس نے سوچا۔ غربت اور مفلسی تو اس نے دیکھی ہی نہیں۔ اولادیں یقیناً ہیں ورنہ اس قدر خوش بھلا رہ سکتی تھی۔ مانگ کا سیندور اور چوڑیاں اور بندے۔ چھی چھی کیا برا خیال آیا تھا اس کے دل میں۔ خدا اسے سدا سہاگن رکھے اور اس کے پتی کی عمر دراز کرے۔ لیکن کوئی زخم تو ضرور تھا۔ جسے نہ دولت، نہ شوہر، نہ آل، نہ اولاد، نہ خوبصورت کپڑے، نہ قیمتی زیور، غرض کوئی نہ بھر پایا تھا اور وہ یہاں چلی آئی تھی۔ اس نے ساڑی جس طرح باندھ رکھی تھی، اسی طرح ساڑی باندھنا جاوید کو بھی پسند تھا لیکن وہ اس طرح ساڑی باندھ ہی نہ پاتی تھی۔ اسے اس بات سے ایک اور بات یاد آگئی اور اس کی اداس اور غمگین آنکھوں میں بھی ہنسی کی ایک چمک پیدا ہو گئی۔

جاوید نے جب تاج محل میں ایک خوبصورت لڑکی کو بار بار پلٹ کر دیکھا تھا تو وہ اداس ہو گئی تھی۔ شادی کو ابھی چند ہی دن تو ہوئے تھے اور خلوتوں میں پیار و محبت لٹانے

والا جاوید جلوت میں اور وہ بھی اس کی موجودگی میں اس طرح ہرجائی ہوا جا رہا تھا۔ ویسے اس نے خود کو سمجھایا بھی تھا کہ ہر پرکشش اور خوبصورت چیز کی طرف نظریں خود بخود اٹھ جاتی ہیں لیکن بار بار مڑ مڑ کر دیکھنا بلا ارادہ تو نہیں ہو سکتا۔ اس نے کئی بار پلٹ پلٹ کر اس کی طرف دیکھا تھا اور تاج محل کی پشت پر، جمنا کے کنارے، جب وہ عورت مسجد کی طرف کھڑی تھی تو دریا کے اس پار قلعہ کی طرف دیکھتے ہوئے بھی اس نے نظریں چرا کر اس عورت کی طرف دیکھ لیا تھا۔

لیکن جاوید کی گفتگو کے انداز، برتاؤ، مسکراہٹ، ہنسی اور تھوڑی دیر بعد تاج کے حسن کے کسی پہلو کی طرف اس کی توجہ دلاتے ہوئے اس کے ہاتھ دھیرے سے چھو دینے کی اس کی عادت میں کوئی فرق نہیں پڑا تھا۔ پھر یہ بات تو اسے ایک دن خود بخود سمجھ میں آگئی تھی کہ اس دن جاوید اس عورت کو نہیں بلکہ اس ساڑی کو دیکھ رہا تھا جو وہ عورت ایک خاص طریقہ سے باندھے ہوئے تھی۔

کہیں اس عورت کو ایسا ہی کوئی وہم، کوئی بے نام غم تو نہیں؟ بے نام غموں کے تو ہم عورتوں کے پاس خزانے ہوتے ہیں جنھیں ہم لٹاتے نہیں بٹور بٹور کر رکھتے ہیں۔ خوشیوں کے لمحوں کو بوجھل بنانے کے لیے، بے محابہ، بے ساختہ قہقہوں کو شائستہ بنانے کے لیے، انتہاؤں کو زندگی کے آداب سکھانے کے لیے۔ لیکن ایسے بے نام غموں کے لیے کوئی اتنی دور تو نہیں چلا آتا۔

وہ عورت جالی پر دھاگا باندھنے لگی تو اس نے کنکھیوں سے اس کے چہرہ کا ایک بار پھر جائزہ لیا۔ اداسی کا ایک پردہ تو ضرور تھا، آنکھیں اب بھی بھیگی ہوئی تھیں لیکن چہرہ کا میک اپ اسی طرح قائم تھا جیسے بیوٹی سیلون سے نکل کر سیدھے یہیں چلی آئی ہو۔ گرد وغبار کا ایک بھی نشان نہ تھا، ساڑی پر ایک بھی شکن نہ تھی۔ اس عورت نے دھاگے میں گرہ

لگائی تو اس کی نظریں قدرتی رنگ میں رنگے ہوئے اس کے لمبے لمبے ناخنوں پر پڑیں جن کا یہ حسن، یہ چمک، دیکھ ریکھ اور گھر داری کے کاموں سے بے نیازی کے بغیر ممکن نہ تھی۔

دھاگے میں گرہ لگانے کے بعد اس نے ذرا سا جھک کر دونوں ہاتھ باندھ کر جیسے جالی ہی کو پرنام کیا۔ پھر مڑی اور مزار کے قریب جا کر کھڑے ہی کھڑے تقریباً دھری ہو گئی اور ایسے پھوٹ پھوٹ کر روئی کہ سارے بندھ ٹوٹ گئے بلکہ بہہ گیے۔ لیکن ان آنسوؤں نے اسے اور بھی خوبصورت اور بھی معصوم بنا دیا تھا۔ جب وہ باہر نکلی تو وہ بھی تجسس کے مارے مزار کے سرہانے تک آ گئی۔ اس نے پرس کھولا، دو بڑے بڑے نوٹ نکالے، پھر اور نوٹ نکالے اور درگاہ کے چندے کے بکس میں ڈال دیے اور الائچی دانے لینے کے لیے دونوں ہاتھ پھیلا دیے۔ اسی طرح پھیلائے پھیلائے ہاتھ اوپر اٹھائے اور اپنا سر ہاتھوں پر ٹکا دیا۔ پھر دھیرے دھیرے سر اٹھایا، الائچی دانے پہلے ساڑی کے پلو میں ڈال کر پرس میں احتیاط سے رکھ لیے اور چلی گئی۔ چند قدم بعد اس نے پلٹ کر مزار کی طرف ایک بار پھر دیکھا اور سر جھکائے بلند دروازہ کی سیڑھیوں سے نیچے اتر گئی۔

اب وہ اسی جالی کے پاس آ گئی جہاں تھوڑی دیر قبل اس عورت نے دھاگا باندھا تھا لیکن رنگ برنگے دھاگوں کے جنگل میں وہ اس کا دھاگا پہچان نہ سکی، اس کے غم کے راز تک نہ پہنچ سکی۔ اسی درمیان سیاحوں کا ایک ریلا درگاہ میں داخل ہوا تو گائڈ نے رٹے رٹائے جملے دہرائے، "شیخ سلیم چشتی کی دعا سے اکبر کو جہانگیر نصیب ہوا۔ یہاں لوگ آتے ہیں اور دامن مراد بھر لے جاتے ہیں۔"

مزار کے باہر کی جالی پر ایک سیاح نے ہاتھ رکھا تو گائڈ نے نہایت آہستگی سے وہ ہاتھ ہٹا دیا اور کہا، "اس مزار کی جالی دنیا کے سارے مزاروں کی جالیوں سے خوبصورت ہے۔ کچھوے کی ہڈی پر سیپ کے کام کی یہ دنیا میں اپنی آپ مثال ہے۔" یہ کہہ کر اس نے دیا

سلائی جلائی تو مزار کی بیرونی دیوار کا وہ حصہ جس پر روشنی پڑ رہی تھی چمک اٹھا، جھلمل کرنے لگا۔

سیاحوں کا ریلا چلا گیا تو وہ پھر تقریباً تنہا رہ گئی، ایک بار پھر اس نے مزار کے قدموں کے سامنے کی جالی پر بندھے ہوئے دھاگوں پر ہاتھ پھیرا تو جاوید دروازہ کھول کر کمرہ کے اندر داخل ہو گیا۔ نشہ میں دھت، ٹائی کی گرہ ڈھیلی، بال بکھرے ہوئے، سوٹ شکن آلود، آنکھیں سرخ اور دہاڑتا ہوا، "میں کہتا ہوں یہ میرا گھر ہے یا کسی اور کا۔ دو دو گھنٹہ چلاؤ تب کہیں جا کر دروازہ کھلتا ہے۔ نہ آیا کروں کہیں اور سو رہا کروں؟"

"ذرا آنکھ لگ گئی تھی، تھوڑی دیر پہلے تک تو جاگ رہی تھی" اس نے دھیمے لہجہ میں کہا اور ٹائی کی گرہ کھولنے لگی۔

"ہونہہ جاگ رہی تھیں تھوڑی دیر پہلے تک، تو پھر مر کیوں گئی تھیں میرے آنے پر۔"

لیکن اس نے کوئی جواب نہ دیا اور کوٹ نرم نرم ہاتھوں سے اتار دیا اور ہاتھ کا سہارا دے کر اسے بستر پر لٹا دیا۔ پھر جوتوں کی ڈوری کھولی، جوتے اتارے، موزے اتارے اور بستر پر اس کی ٹانگیں پھیلا دیں۔

اب یہ بات ہر رات کا معمول بن گئی تھی۔ ویسے اسے دن میں سب کچھ حاصل ہوتا۔ عزت، دولت، کار، ملازم، اولادیں لیکن یہ سب کچھ ایک باریک دھاگے سے لٹکا ہوا معلوم ہوتا تھا۔ یہ دھاگا کسی وقت بھی ٹوٹ سکتا تھا۔ اگر اس کے خدشات صحیح ثابت ہوئے تو وہ کیا کرے گی۔ تعلیم یافتہ ہونے کے باوجود دس بارہ برس تک اس طرح کی زندگی گزارنے کے بعد کیا وہ نئے سرے سے بالکل دوسری طرح کی زندگی شروع کر سکے گی۔

سوالیہ نشان پھیلا اور پھیلتا ہی گیا کہ ایک بوڑھی سی عورت نے دوسری عورت کی گود سے ایک بالکل چھوٹا سا بچہ لے کر مزار کے قدموں میں ڈال دیا۔ دونوں عورتوں نے جن کے چہرے خوشی سے تمتما رہے تھے اسی جگہ بیٹھ کر سر کو اتنا جھکایا، اتنا جھکایا کہ سجدے کا گمان ہونے لگا۔ بوڑھی عورت اٹھی اور اس نے جالی کے پاس جا کر ایک دھاگے کی گرہ کھول دی۔ بچہ کو گود میں اٹھالیا، دونوں نے ایک بار پھر عقیدت سے مزار کی طرف گردنیں جھکائیں اور مزار سے باہر نکل گئیں۔ اسی لمحہ اس کی نظر ماں کی گود میں مسکراتے ہوئے بچہ پر پڑی اور وہ خود بھی مسکرادی۔

لیکن اس کی یہ مسکراہٹ عارضی تھی۔ ساری جالیوں پر محرومیوں، تمناؤں، ناکامیوں کے آنسوؤں میں ڈوبے ہوئے لاکھوں لاکھ دھاگوں کے درمیان ایک پھول کب تک اپنی شادابی برقرار رکھ سکتا تھا۔ اس نے دائیں ہاتھ کی مٹھی کھولی تو سرخ دھاگا پسینہ میں بھیگ چکا تھا۔ اب وہ جالی کے کسی ایسے کونے کو تلاش کرنے لگی جہاں اس سے قبل کسی نے دھاگا نہ باندھا ہو۔ لیکن ایسی کوئی جگہ نہ تھی۔ ہر جگہ ایک دو نہیں درجنوں دھاگے بندھے ہوئے اپنی آرزوؤں کی تکمیل کے لیے آنسو بہا رہے تھے۔ آنسوؤں کے اس سیلاب میں اس کے ایک قطرہ کی بھلا کیا اہمیت۔ گہرے زخم، غم واندوہ کے پہاڑ، اور مصائب کے طوفان خیز دھارے جن کی یہ دھاگے علامت تھے، اسے اپنے غم کے مقابلے میں بے حد بڑے اور عظیم معلوم ہوئے۔

اس نے ایک بڑا دھاگا لیا اور جالی کے چاروں کونوں پر باندھ دیا۔ پوری جالی کو گھیر کر، سارے غموں، دکھوں اور تمناؤں کا احاطہ کیے ہوئے۔ اب وہ رو پڑی۔ اس کی آنکھیں سمندر بن گئیں۔ اس نے آنسو پونچھنے کی کوشش کی اور رندھے ہوئے گلے سے بولی، "شیخ، ان سب کی مرادیں برآئیں تو میرا غم بھی ہلکا ہو جائے گا۔ اتنے بہت سے

دکھوں کے بیچ میں کیسے خوش رہ سکوں گی۔"

باہر صحن کے پتھر اب بھی اتنے ہی گرم تھے، سورج اب بھی آگ برسا رہا تھا لیکن ان کا احساس کیے بغیر، خاموش، گردن جھکائے وہ اس طرح باہر نکل آئی جیسے اس کے دل کا سارا بوجھ ہلکا ہو گیا ہو۔

***

۲

ہنی مون

اچھی طرح سے اطمینان کر لینے کے بعد کہ اس کی انگلی چار نمبر پر ہی ہے، اس نے بٹن پر ہلکا سا زور دیا۔ دروازے کے اوپر ایک چھوٹا سا انگارہ دہکا، پھر جیسے اسے راکھ نے ڈھک لیا، سرخی اندر سے جھلکتی رہی وہ آپ ہی آپ مسکرایا، بلا وجہ، اور شاید اسی لیے جیسی خاموشی سے مسکراہٹ آئی تھی ویسی ہی خاموشی سے خود بخود بند ہوتے ہوئے لفٹ کے دروازے سے باہر نکل گئی۔ اس نے ایک بار پھر مسکرانے کی کوشش کی لیکن سر اس بری طرح جھنجھنا رہا تھا کہ وہ اسی میں الجھ کر رہ گیا۔

لفٹ میں کوئی اور نہ تھا۔ آنکھیں پوری طرح کھول کر اس نے ایک بار چاروں طرف دیکھا، صرف یہ یقین کرنے کے لیے کہ کوئی اور ہے یا نہیں۔ کوئی دوسرا وہاں نہیں تھا، اور ہو بھی نہیں سکتا تھا۔ رات کے دو بج چکے تھے۔ اس وقت کوئی فلائٹ آئی تھی نہ ٹرین۔

لفٹ رُکی، دروازہ کھلا، کچھ زیادہ ہی دھیرے دھیرے۔ اسے بھی شاید اندازہ تھا کہ نویں منزل تک کوئی اس کا انتظار نہیں کر رہا ہے اس لیے خواہ مخواہ جلدی کرنے کی ضرورت نہیں ہے۔ اس نے باہر نکلنے سے پہلے ایک بار نمبر پڑھا، جو روشن ہو گیا تھا۔ چار ہی معلوم ہوتا ہے، نہیں چار ہی ہے، اس نے سوچا اور لڑکھڑاتے ہوئے قدموں سے باہر نکل آیا۔

سارے ہی کمروں کے دروازے بند تھے۔ ہر تیسرے چوتھے کمرے کے باہر کئی بیرے دیوار سے ٹیک لگائے لگائے ہی سو گئے تھے، پیر پھیلا کر۔ بس دو ایک اب بھی بیٹھے تھے، پتھر کے بتوں کی طرح، ادھ کھلی آنکھوں سے سوتے ہوئے۔ انہیں دیکھ کر اسے ہنسی آگئی۔ آپ ہی آپ۔ کوئی وجہ اس کی سمجھ میں نہیں آئی۔ سامنے والے کمرے کا اوپری حصہ اسے دوسرے کمروں کے مقابلے میں کچھ بڑا اور زیادہ گول معلوم ہوا، اور اونچا بھی، لیکن اس نے کوئی توجہ نہیں دی۔ وہ اس کا کمرہ نہیں تھا۔

اسے اچھی طرح یاد تھا کہ لفٹ سے نکلنے کے بعد بائیں جانب کی راہداری میں، سامنے کی طرف کا آخری سے پہلے والا کمرہ اس کا ہے۔ وہ اس طرف مڑ گیا اور انیس نمبر کے کمرے کے سامنے رک کر اس نے جیب میں ہاتھ ڈالا، چابی نکالنے کے لیے، لیکن چابی اس میں نہیں تھی۔ اس نے دوسری جیب دیکھی۔ وہاں بھی کوئی سخت چیز نہیں تھی۔ پینٹ کی پیچھے کی جیب سے سب کچھ ایک ساتھ نکالنے کی کوشش میں دو تین نوٹ فرش پر بکھر گئے لیکن اس نے اس جانب توجہ نہ کی اور تینوں جیبوں کی دو تین بار تلاشی لی۔ جھک کر نوٹ اٹھائے، دو تین بار کی کوشش کے بعد کہیں کامیابی ہاتھ لگی۔ لیکن پریشانی اپنی جگہ قائم رہی۔ اسی وقت اس کا بایاں ہاتھ قمیص کی جیب سے ٹکرا گیا۔ وہاں کسی سخت سی چیز کا احساس ہوا۔ ہاتھ ڈالا۔ چابی وہاں آرام کر رہی تھی۔ اطمینان ہوا، جتنا اس حالت میں ہو سکتا تھا۔

گھبراہٹ پر قابو پانے کے لیے ڈیڑھ دو منٹ اسی طرح کھڑا رہا۔ پھر چابی لگانے کی کوشش کی لیکن دوروازے میں پیوست تالے نے اسے قبول کرنے سے انکار کر دیا۔ اس ناکامی نے اس میں جھنجھلاہٹ پیدا کر دی جس پر قابو پانے کی اس نے کوشش کی اور اپنے خیال میں کامیاب بھی ہو گیا۔ اپنی اس کامیابی کا خود کو یقین دلانے کے لیے اس نے اپنے

پیر فرش پر مضبوطی سے جمائے، جسم کو پہلے دائیں اور پھر بائیں طرف جھکایا، سب کچھ اسی طرح ہوا جیسا وہ چاہتا تھا۔ اسے اطمینان ہوا۔ بس ایک طرف سر ذرا زیادہ جھک گیا تھا۔۔۔اس نے تالے کو گھور کر دیکھا، پھر چابی کو، پھر ایک پیر اٹھایا، جو دھیرے دھیرے ہی ممکن ہو سکا، لیکن جب اسے فرش پر پٹکا تو اس میں تیزی تھی۔ یہ غصے کا اظہار تھا۔

اسی وقت اسے یاد آیا کہ اس نے چور کھٹکا تو دبایا ہی نہیں ہے جو ایک چھوٹے سے گولے کی شکل میں تھا اور بظاہر دروازے کی خوبصورتی کا حصہ معلوم ہوتا تھا۔ وہ اپنی حالت پر دھیرے سے ہنسا، چور کھٹکا دبایا، چابی لگائی لیکن وہ اب بھی تالے کے باہر ہی ٹکی رہی۔۔۔اس نے گردن ہلائی، کچھ اس طرح جیسے خود سے پوچھ رہا ہو کہ آخر معاملہ کیا ہے۔ اسی لمحے اس کا بایاں ہاتھ گھنٹی کے بٹن کی طرف اٹھ گیا لیکن فوراً ہی اسے خیال آگیا کہ وہ خود تو باہر کھڑا ہے، اندر سے "کم ان" کون کہے گا۔ وہ ہنس دیا۔ اس بار اس نے اپنے ہنسنے کی آواز بھی سنی، اس ہنسی نے اسے یاد دلایا کہ آج رات کچھ زیادہ ہو گئی ہے۔

اپنے آپ پر قابو کھو دینے کا یہ اس کا پہلا موقعہ تھا۔ وہ دو تین پیگ سے زیادہ لیتا نہیں تھا اور اس کا یہ بھی خیال تھا کہ شراب اس پر ذرا کم ہی اثر کرتی ہے۔ شاید اسی خیال سے آج کی رات اس نے بار میں خود کو آزاد چھوڑ دیا تھا۔ اس کے علاوہ کوئی دوسری بات اس کی سمجھ میں نہیں آئی۔ چوتھا، پانچواں اور پھر چھٹا پیگ حلق میں اتارتے وقت اس نے بس یہ سوچا تھا کہ اس قدر خوبصورت فضا اور دلکش اور شاداب چہروں کے درمیان کسی بھی قسم کی پابندی کچھ ایسی اچھی بات نہ ہو گی۔ لیکن اب اسے کچھ کچھ پچھتاوا ہو رہا تھا۔ تاہم اس پشیمانی کی حیثیت اس زوردار قہقہے سے زیادہ نہ تھی جس کے بعد خیال آتا ہے کہ آواز بہت اونچی ہو گئی تھی۔۔۔ تین دن پہلے کی بات اسے کسی طرح یاد نہیں آرہی تھی۔

سدھیر نے ٹکٹ ہنی مون منانے کے لیے منگائے تھے، لیکن یہاں آیا وہ تنہا

تھا۔۔۔ صرف چار دن پہلے جب وہ دونوں، اس کے خیال میں دونوں دوستوں، رشتہ داروں اور دوسری ساری الجھنوں سے آزاد چھ سات دن جے پور کے اس ہوٹل میں گزارنے کی امیدوں سے ہی سرشار تھے، اس نے بس ایک زیادہ پیگ کی ترنگ میں پوچھا تھا، "تم نے جے پور دیکھا ہے نا؟"

"ایک بار۔۔۔؟ کئی مرتبہ!" جواب سیدھا سادا تھا، اس میں ہلکے سے سرور کے ساتھ پہلے کے سیر سپاٹوں کی یادوں کا تھوڑا سا، یا کچھ زیادہ، رومانس بھی شامل تھا۔

"پہلی بار پنٹو کے ساتھ!" اس نے یاد کیا تھا۔

"نام تو اس کا شری کانت ہے لیکن ہر شخص اسے اس چھوٹے سے نام ہی سے بلاتا ہے۔" کہنے کے بعد اس نے سدھیر کے چہرے پر کچھ اور جاننے کی خواہش دیکھی تو بات بڑھائی۔

"لو تم تو اتنی جلدی بھول گئے۔۔۔ یاد نہیں جب تم برات لے کر آئے تھے، وہ خوشیوں کے سمندر میں کسی بری طرح ڈوبا ہوا تھا۔"

"یاد کیوں نہیں؟ مجھے چمٹا کر اس بری طرح بھینچا تھا کہ بھیا نے سنبھال نہ لیا ہوتا تو سہرے کی جانے کتنی لڑیں ٹوٹ گئی ہوتیں۔۔۔ اور پھر۔۔۔ پھر۔۔۔ بھرے منڈپ میں اسے تمھیں چمٹا لینے سے بھی بڑی مشکل سے روکا جا سکا تھا۔۔۔"

"اس نے یہ ہونے کیوں دیا؟" کئی نشے ایک ساتھ مل گئے تھے۔

"اور دوسری بار۔۔۔؟"

"دوسری بار؟" وہ سوچ میں پڑ گئی کس کا نام لے۔

"ہوں۔" اس نے کہا۔ ایک بار پھر "دوسری بار" دہرایا۔۔۔ نام یاد نہیں آرہا تھا، یا شاید فیصلہ نہیں کر پا رہی تھی کہ کس کا نام لے۔

"چھوڑو بھی۔ کوئی بات نہیں، کیوں پریشان کرتی ہو اپنے آپ کو؟" اس نے کہا تھا۔ جملے کا انداز نہ سپاٹ تھا نہ کسی گہرے جذبے کی آنچ تھی اس میں۔ اسی دن شام کی چائے ساتھ ساتھ پیتے ہوئے وہی جملہ جو اس نے صبح کہا تھا، اور کچھ ایسا تھا بھی نہیں کہ کوئی بھول جاتا، کچھ اس انداز سے دہرایا جیسے ایک دم یاد آگیا ہو۔

"چاچی تو دو دن میں پریشان ہو گئیں۔"

"چہیتی جو ٹھہری ان کی۔" اس نے کہا۔ "دوبار پنٹو آچکا ہے صبح سے، کہلایا ہے کپڑے اور زیور لے کر چار چھے دن کے لیے آجاؤں۔"

"کوئی شادی بیاہ ہے؟"

"ہے تو۔۔۔ برسوں کا میل جول ہے، سب ہی تو تھے شادی میں، تم سے ملایا نہیں کیا کسی نے؟"

"ضرور ملایا ہوگا، بہت سوں کو پہچنوایا تھا، اتنے سارے تو لوگ تھے، بھلا ایک بار کی ملاقات میں کوئی ہر ایک کا نام اور صورت کیسے یاد کر لے؟" جملہ پورا کرتے ہی اسے یاد آیا کہ نام اور صورت کی تو کوئی بات ہی نہیں تھی۔ اس کے جملے میں کوئی اتار تھا نہ چڑھاؤ۔ اس نے چائے کا لمبا سا گھونٹ پیٹ میں اتار لیا تھا۔ پیالی خالی ہوگئی تھی۔ ٹھنڈی ہوا جو چہرے کو شاداب بنائے ہوئے تھی، کسی اور طرف نکل گئی۔ اسے سوچنے میں مشکل سے دو تین ہی منٹ لگے۔

"کوئی بات نہیں، اچھا ہے تم چلی جاؤ، نہیں تو بے کار بور ہوگی۔ کمپنی کی میٹنگ جانے کیوں پرسوں سے کی جا رہی ہے۔ پہلے تو مارچ کے شروع میں ہونے والی تھی۔ فون نہیں آیا تھا صبح؟" اس نے پارل کو جسے ہر ایک مون کہتا تھا، اسی طرح دیکھا جیسے پچھلے ہفتے سے دیکھتا آیا تھا، شادی کے بعد سے۔ مٹھاس گھلی تھی اس کی نظروں میں۔ لگتا تھا

آنکھوں سے شہد ٹپک رہا ہو۔ اس مٹھاس نے راستہ دکھایا۔ وہ ٹھنٹھنائی۔ "تو تم جے پور نہیں دہلی جاؤ گے۔"

چائے کی پیالی جو ہونٹوں تک آنے ہی کو تھی اس نے پرچ میں رکھی اور اسے اس طرح دیکھا جیسے بڑا دکھ ہو رہا ہو۔۔۔

پیالی خالی تو پہلے ہی ہو چکی تھی۔

اگلے دن اس نے بتایا، "ٹکٹ واپس کر دیے ہیں۔"

اس میں کچھ بھی غلط نہ تھا۔

"پھر وہاں سے۔۔۔" آخری لفظ تک آتے آتے اسے احساس ہو گیا کہ جملہ گڑبڑا رہا ہے اس لیے "سے" منہ میں گول گول چکر لگا کر کچھ ایسا بن گیا کہ وہ خود بھی اسے ٹھیک سے سن نہ سکا۔ اس نے جملہ اس طرح پورا کیا جیسے سب بالکل ٹھیک ٹھاک ہو۔۔۔ "معلوم نہیں میٹنگ کتنے دن چلے۔ یہ بھی نہیں معلوم دلی میں ہے کہ گڑگاؤں میں یا بمبئی میں۔" اس نے سارے راستے بند کر دیے۔

موبائل سے اسے چڑ تھی اور اس کے پاس تھا نہیں۔ اس نے اپنی بات یوں تو دو ہی جملوں میں پوری کی تھی، لیکن یہ دو جملے نہیں کئی ٹکڑے تھے جو ایک دوسرے کو آگے پیچھے دھکا دے رہے تھے۔

"میری فلائٹ پرسوں صبح کی ہے۔"

"تو میں کل شام میں گھر چلی جاؤں؟"

"اور نہیں تو کیا۔ یہاں رہ کے کیا کرو گی؟" تھا تو یہ جملہ سیدھا سادا لیکن اس میں کچھ کچھ طنز بھی تھا۔ اسے نہیں معلوم تھا کہ یہ ٹیڑھا پن اس کا اپنا ڈالا ہوا تھا یا آپ ہی آپ شامل ہو گیا تھا۔ گھر جانے کی خوشی میں طنز کے احساس کی یہ لہر مون کے پاس سے بھی

نہیں گزر سکی تھی۔

اسی وقت ہوا کا ایک ہلکا سا جھونکا آیا جس نے جسم کے اندر اور باہر کی گرمی، چہرے اور گردن کے پسینے کے قطروں سے ٹکرا کر، ایک خوشگوار احساس پیدا کر دیا۔ تالا نہ کھول پانے سے پیدا ہونے والی الجھن کچھ کم ہو گئی اور وہ دیوار سے لگی آرام دہ کرسی پر نیم دراز ہو گیا۔ یہ کرسی دروازہ کھلنے کا انتظار کرنے والوں کے لیے تھی۔ ہوٹل بھی معمولی نہ تھا۔ تھوڑی دیر میں جب ہاتھ پوری طرح قابو میں ہوں گے تالا کھولنا آسان ہو گا، اس نے سوچا۔ نیند کا جھونکا آیا تو وہ کرسی پر سیدھا ہو کر بیٹھ گیا۔ اسے اپنی حالت پر تھوڑا سا افسوس بھی ہوا لیکن وہ بس ایسا تھا جیسے دماغ کے پاس سے گزر جانے والی لہر، اور بس۔

تھوڑی دیر بعد ہوش و حواس تقریباً بجا ہو گئے تو اس نے تالا کھولنے کی ایک اور کوشش کی، لیکن وہ آواز پیدا نہ ہوئی جس کے بعد دروازہ کھل جاتا ہے۔ اس نے چابی آنکھوں کے قریب لا کے اس کا نمبر پھر پڑھا، تالے کے نمبر پر نظر ڈالی۔ کوئی گڑبڑ نہ تھی۔ ایک بار پھر کوشش کی، ذرا زیادہ طاقت لگائی تو کچھ کھٹ پٹ ہوئی اور پھر یکایک کسی نے اندر سے دروازہ کھول دیا۔

"جی؟" اس نے کہا، بلکہ پوچھا۔ لہجہ میں تھوڑی سی حیرت تھی اور اتنی رات گئے اس کے کمرے کے دروازے پر کھٹ پٹ سے تھوڑی سی الجھن۔

"آپ یہاں کیا کر رہی ہیں؟"

"میں یہاں کیا کر رہی ہوں۔ اپنے کمرے کے دروازے پر کھڑی ہوں۔" آواز سپاٹ تھی۔

"بھئی آپ آگئی ہیں تو ٹھیک ہے، لیکن مجھے اپنے کمرے میں تو داخل ہونے دیجیے۔" سدھیر کی آواز اب بھی کچھ کچھ لہرا رہی تھی۔

"اوہ یہ بات ہے، معاف فرمائیں آپ کو غلط فہمی ہوئی۔ یہ کمرہ آپ کا نہیں ہے۔" اس کی آواز میں کسی قسم کی خفگی نہیں تھی۔

"آپ کیا کہہ رہی ہیں۔ کیا یہ انیس نمبر کا کمرہ نہیں ہے؟"

"ضرور ہے۔"

"تو یہ آپ کا کیسے ہوا۔۔۔؟ میں چوتھی منزل کے اس کمرے میں پچھلے دو دن سے رہ رہا ہوں۔"

"جی یہ پانچویں منزل ہے۔ پانچ سو انیس نمبر کا کمرہ۔" وہ مسکرائی۔ جواب میں مسکرانے کی کوشش کرتے ہوئے وہ ایسے قدموں سے جن میں اب لڑکھڑاہٹ نہیں بس ہلکی سی نااستواری رہ گئی تھی، لفٹ کی جانب بڑھنے لگا۔

صبح اس کی آنکھ خاصی دیر سے کھلی۔ ایک سیٹ چائے، چار ٹوسٹ اور مکھن کے لیے فون کیا۔ کچھ سوچ کر دوسرا فون کیا۔ "چار سو انیس۔ چائے بیس منٹ بعد بھیجیے۔" اس نے کہا اور بستر سے اٹھ کر ایک انگڑائی لی اور سیدھے باتھ روم میں گھس گیا۔ شاور سے چہرے پر گرم پانی کی پہلی بوچھار پڑتے ہی اسے رات کا سارا واقعہ یاد آ گیا۔ شرمندگی کا احساس بھی ہوا لیکن جسم پر رقص کرتا ہوا پانی سب کچھ بہالے گیا، اتنی دور کہ وہ گنگنانے لگا۔ شیو کیا، کپڑے تبدیل کیے اور باہر نکلنے کے لیے پوری طرح تیار ہو گیا، اتنے میں چائے آ گئی۔

اپنے اس ایر کنڈیشنڈ کمرے میں بیڈ کی حالت دیکھ کر وہ مسکرا دیا۔ شکنیں صرف ایک جانب تھیں۔ دوسری طرف کا تکیہ سلیقہ سے رکھا ہوا تھا۔ گلابی رنگ کے ملائم تکیہ پر بھی ایک شکن نہ تھی، ہلکی سی دوہری جس کے چاروں طرف سفید ریشمی گوٹ لگی تھی بس ایک طرف سے ذرا سی مسل گئی تھی۔ بار کا منظر، کمرہ نمبر پانچ سو انیس کے باہر جو کچھ ہوا تھا اس کی یاد اور مون کا خیال جیسے ایک ساتھ اس کے دماغ میں داخل ہوئے اور ایک

دوسرے سے اس طرح الجھ گئے کہ اس کے لیے انہیں الگ الگ کرنا ممکن نہ ہو سکا۔

چائے پیتے ہوئے اس نے دوسری خالی پیالی کو دیکھا، تھوڑی دیر تک اسے دیکھتا رہا، پھر اس نے اس ٹھنڈی سانس کو جو بہت ہی ہلکی سی آواز پیدا کرنے کے لیے جیسے اس سے اجازت مانگ رہی تھی، گردن کی جنبش سے لوٹ جانے کا اشارہ کیا۔ اسی وقت بیرے نے دھیرے سے دروازہ کھٹکھٹایا اور بس ذرا دیر بعد، جواب کا انتظار کیے بغیر، دبے قدموں اندر داخل ہوا۔ ٹرے اٹھائی تو دو توس، مکھن کی ایک ٹکیہ اور چاروں جانب کے موتیوں کے وزن سے دوسری پیالی پر پہلے کی طرح پھیلی ہوئی جالی اسے متوجہ کیے بغیر نہ رہ سکی۔ بیرے نے آنکھوں ہی آنکھوں میں پوچھا، "کوئی اور کام" اور اس نے بھی اسی طرح جواب دیا، "کچھ نہیں۔"

بیرے کے چلے جانے کے بعد وہ آئینے کے سامنے کھڑا ہو گیا۔ پرفیوم کی شیشی اٹھائی، تھوڑی دیر تک اسے دیکھتا رہا اور پھر کھولے بغیر واپس اپنی جگہ رکھ دی۔ کمرہ بند کیا اور لفٹ کا سہارا لینے کے بجائے ایک ایک زینہ چڑھنے لگا، دھیرے دھیرے۔ میں خوش ہوں یا اداس؟ اس نے سوچا لیکن کوئی فیصلہ نہ کر سکا تو زینہ پر ہی رک کر سوچنے لگا۔ اب بھی کوئی جواب نہ ملا تو نیچے سے کسی کے تیزی سے اوپر آنے کی آواز سن کر آہستہ آہستہ قدم بڑھانے لگا۔ بیرا تھا، دونوں ہاتھوں میں چائے کی ٹرے سنبھالے ہوئے۔ اس نے مجھے بے وقوفوں کی طرح زینہ پر کھڑے ہوئے نہیں دیکھا، یہ سوچ کر اسے اطمینان ہوا۔

دروازے کی گھنٹی اس نے بہت دھیرے سے دبائی، صرف ایک بار۔ دروازہ کھلا۔ وہی خاتون سامنے کھڑی تھیں، رات ہی کی طرح سفید ساری میں ملبوس، چہرہ اسی طرح میک اپ سے عاری۔ اسے کوئی خاص حیرت نہیں ہوئی لیکن یہ بھی نہیں کہ سب بالکل ٹھیک ٹھاک محسوس ہوا ہو۔ بہت کچھ ویسا نہیں ہے جیسا ہونا چاہیے تھا۔ شاید یہ محض

احساس ہو، اس نے سوچا۔

پچھلی رات کا واقعہ نہ ہوا ہوتا، یا وہ جو اس کے اس شہر کے لیے اکیلے ہی روانہ ہونے سے قبل ہوا تھا، یا وہ اجنبی نہ ہوتی یا اجنبی ہوتی بھی تو اس نے اسے غیر مستحکم قدموں سے رات کے سناٹے میں اپنے کمرے کے سامنے سے واپس جاتے ہوئے نہ دیکھا ہوتا تو شاید اسے سب کچھ اس طرح اٹ پٹا نہ لگتا۔ لیکن اس میں ایسا اَٹ پٹا کیا ہے؟ وہ اس کا انتظار تو کر نہیں رہی ہو گی اور وہ خود بھی سج بن کر نہیں آیا تھا، حد یہ ہے کہ اس نے اپنی قمیص اور رومال پر پرفیوم تک نہیں لگایا تھا۔۔ بہت سی باتیں جو کسی نہ کسی طرح ایک دوسرے سے جڑی ہوئی تھیں، اسے ایسی لگ رہی تھیں جیسے ایک دوسرے سے قطعاً غیر متعلق ہوں۔

وہ آیا تھا رات کے واقعے پر اظہار افسوس کرنے لیکن اس ذہنی کیفیت نے جیسے اس کی گویائی چھین لی تھی۔ اس کی آنکھیں تو کھلی ہوئی تھیں لیکن ایسا کچھ اسے نظر نہیں آرہا تھا جسے وہ کسی سلسلے سے دماغ کے پردے پر جما سکے۔ خاتون نے دروازے کا دوسرا پٹ بھی دھیرے سے کھولا۔ بدن چراتے ہوئے پیچھے کی طرف ذرا سی کھسکی اور آہستہ سے بولی، "تشریف لائیے۔"

"تشریف رکھیے۔"

وہ کرسی پر بیٹھنے لگا تو خود بھی سامنے کی کرسی پر بیٹھ گئی۔ ابھی وہ ادھر ادھر اور کبھی کبھی نظریں چرا کر اس کی طرف دیکھنے کی کوشش کر ہی رہا تھا کہ اس نے کرسی کی طرف اشارہ کرتے ہوئے کہا، "آپ کافی پسند کریں گے یا چائے؟"

سدھیر نے اب ذرا غور سے اس کی طرف دیکھا۔ چہرے پر خوشی تھی نہ غم۔ بس ایک ہلکی سی اداسی کا احساس ہوتا تھا۔۔ اس نے اسے اپنے چہرے پر نظریں جمائے

ہوئے دیکھا تو آنکھیں نیچی کرلیں اور بالوں کی اس لَٹ کو جو کان کے پاس پنکھے کی تیز ہوا میں پھڑ پھڑا رہی تھی، پیچھے کے بالوں میں دبا دیا۔

اس کی سمجھ میں نہیں آرہا تھا کہ بات کہاں سے شروع کرے۔ مناسب الفاظ کی تلاش ابھی جاری تھی۔۔۔ اور اس تلاش میں اسے یہ بھی خیال نہیں آیا تھا کہ اس سے کسی نے کچھ پوچھا ہے۔۔۔ اسی وقت اجنبی خاتون نے، جو اب پوری طرح اجنبی بھی نہیں رہ گئی تھیں، اپنا جملہ دہرایا۔ بس دو ایک لفظ ادھر کے اُدھر ہو گئے تھے۔

"آپ چائے لیں گے یا کافی؟"

"جی شکریہ، میں نے چائے ابھی پی ہے۔"

"پھر بھی۔۔۔ چائے تو میں نے بھی تھوڑی دیر پہلے ہی پی ہے۔"

"تو پھر کافی۔۔۔ ویسے ایسی جلدی بھی کیا ہے؟ تھوڑی دیر بعد منگا لیجیے گا۔"

یہ بات اس نے کہہ تو دی لیکن فیصلہ نہ کر سکا کہ اس کے پس پشت اپنے قیام کو طول دینے کی خواہش تھی یا وہ چائے اور کافی کے درمیانی وقفے کو بڑھانا چاہتا تھا۔ اتنے میں اس نے خاتون کو دیوار کی ٹک ٹک کرتی گھڑی پر ایک نظر ڈالتے ہوئے دیکھا۔

"آپ کو کہیں تشریف لے جانا ہے؟" اس نے پوچھا۔

وہ شرمائی، "جی یہ میری عادت ہے۔"

"اوہ۔" اس نے مسکرانے کی کوشش کی۔ "تب تو آپ کو اندازہ ہو گا کہ وقت کتنی تیزی سے گزر جاتا ہے۔" جملہ پورا کرنے سے قبل ہی اسے اندازہ ہو گیا کہ گڑ بڑ ہو گئی ہے۔ لیکن تیر نکل چکا تھا۔

"وقت تیزی سے گزر جاتا ہے؟" اس جملے میں حیرت ہی حیرت تھی۔

یکایک اسے احساس ہوا کہ پچھلے کئی دنوں سے اسے بھی کچھ کچھ یہی محسوس ہو

رہا ہے اور ممکن ہے کل رات میں 'بار' کا تجربہ اسی احساس کا نتیجہ رہا ہو، وقت کی سست رفتاری کا، اور اس نے سارا الزام اس یقین پر کہ شراب اس پر زیادہ اثر نہیں کرتی، خواہ مخواہ تھوپ دیا ہو۔

خاتون نے پوچھا، "آپ کا قیام چوتھی منزل پر ہے؟"

یہ شاید اس کی خاموشی کو توڑنے کی کوشش تھی۔

وہ جیسے کھوئی ہوئی دنیا سے لوٹ آیا۔

"جی ہاں۔۔۔ آپ کے کمرے کے بالکل نیچے۔"

"یہ بھی عجب اتفاق ہے۔" اس نے کہا۔ آہستہ سے، جیسے اپنے آپ سے کہہ رہی ہو۔ ویسے اس سوال کا جواب تو اسے معلوم تھا، لیکن اس سے زیادہ کچھ نہیں۔ معلومات میں اضافہ کرنا اس کا مقصد بھی نہیں تھا۔ وہ تو بس یہ چاہتی تھی کہ برف کسی طرح پگھلے لیکن کچھ اس طرح کہ گرمی کا احساس پیدا نہ ہو۔ خاموشی اور وہ بھی ایسی جس میں تھوڑی سی افسردگی شامل ہو، کبھی کبھی خطرناک صورت اختیار کر لیتی ہے۔ ایک تجربہ ہوا تھا اسے اسی قسم کا جو آج سے قبل کبھی یاد بھی نہ آیا تھا۔

اس خاتون کے سوال اور سوچتی ہوئی خاموشی کو کسی کوشش کے بغیر پڑھ لینے نے سدھیر کو پھر سے کمرے کے ماحول میں پہنچا دیا اور اس نے وہ بات شروع کی جس کے لیے وہ تھوڑی دیر قبل الفاظ تلاش کر رہا تھا۔

"اصل میں کل رات۔۔۔"

وہ ہنسی۔ "ارے آپ کو اب تک یاد ہے، بھول بھی جائیے۔ زندگی میں اس طرح کی باتیں کبھی کبھی ہو جاتی ہیں۔ انہیں یاد رکھنا ضروری نہیں ہوتا۔"

اس نے سدھیر کے چہرے پر نظر ڈالی، صرف یہ دیکھنے کے لیے کہ اس کا ذہنی تناؤ

کچھ کم ہوا یا نہیں۔ سکون کی ایک پرت تو ہے، اس نے سوچا، لیکن شاید بہت پتلی سی اور سب کچھ ٹھیک ٹھاک نہیں ہے۔ وہ اسے پچھلی رات کے واقعے کا اثر سمجھ رہی تھی اور بس۔۔۔ ایک اچھے خاصے شریف انسان کا معمولی سی بھول چوک کے سبب بلا وجہ پریشان رہنا اسے اچھا نہیں لگ رہا تھا، اس لیے اس نے زخم کو چھیڑے بغیر ایک پھایا رکھا۔

"میں خود ایک بار۔۔۔"

"آپ کو بھی اس طرح کی غلط فہمی ہو چکی ہے۔" اس کے لہجے میں خاصا سکون تھا، جو چہرے پر بھی جھلکنے لگا تھا۔

اس نے بات بڑھائی، "لیجیے ہم لوگ اب تک ایک دوسرے سے متعارف بھی نہیں ہوئے۔"

"تعارف تو کل رات ہی ہو گیا تھا۔" وہ مسکرائی۔ اس مسکراہٹ میں ہلکی سی شرارت بھی تھی۔ اسے یہ دونوں باتیں اچھی نہیں لگیں اور اس نے خاموشی سے اپنی سرزنش بھی کی۔ اور ان دونوں احساسات کو خود پر چھا جانے سے روکنے کے لیے موضوع یکایک تبدیل کر دیا۔

"مجھے لوگ شبنم کہتے ہیں۔"

"شبنم!"

"شبنم رحمان۔۔۔ اور۔۔۔" اس نے اپنے مخاطب کی طرف دیکھا۔

"سدھیر۔۔۔"

"صرف سدھیر؟"

"جی نہیں، سدھیر خاستگیر۔"

"اچھا نام ہے۔ موسیقی ہے اس میں۔"

وہ مسکرایا لیکن اسے یہ خیال بھی ہوا کہ ممکن ہے یہ اشارہ ہو کہ رات کے واقعے کی معافی تلافی ہو چکی، رسمی بلکہ اس سے کچھ زیادہ ہی تعارف بھی ہو چکا۔ اب کیا رہ گیا ہے۔ تشریف لے جایئے (یہ بات ہے تو اس نے دل ہی دل میں کہا ہو گا۔ اب دفعان بھی ہو)۔ اس خیال نے اسے اداس کر دیا لیکن پھر کافی کا آرڈر یاد آ گیا۔ اس وقت کافی کچھ زیادہ ہی سکون بخش ثابت ہو گئی، بفرض محال اس نے اس طرح کی کوئی بات گھما پھرا کر کہہ بھی دی اور وہ اٹھ کر باہر چلا گیا تو اسے بیرے کے سامنے شرمندہ ہونا پڑے گا۔ وہ کہے گا تو کچھ نہیں لیکن سوچے گا ضرور کہ کیا ہوا، کیا دونوں میں کچھ جھگڑا ہو گیا کہ اس نے شبنم کی پیش کش ٹھکرا دی۔ اس بات کا خیال ضرور رہے گا اسے۔ اس نے خود کو تسلی دی۔ شبنم ایسی نفیس اور شائستہ عورت بیرے کو اس طرح کی بات سوچنے کا موقعہ ہرگز نہ دے گی۔ اس نے خود کو ایک بار پھر اطمینان دلایا۔ خاموشی ذرا طویل ہو گئی ہے اور اس کی ذمہ دار شاید وہی ہے، شبنم نے سوچا اور مسکرانے کی کوشش کرتے ہوئے کہا، "آپ یہیں ہیں نا؟"

"جی، جی میں۔۔۔ سوچ رہا تھا۔" اس نے رُک رُک کر کہا تا کہ سوچنے کے لیے اسے کچھ وقت مل جائے۔ "سوچ کیا رہا تھا۔۔۔ بس یہی کہ اس طرح کی حرکت میں نے کسی دوسری خاتون کے کمرے کے دروازے پر کی ہوتی تو کیا ہوتا۔"

"ارے آپ اب بھی کل رات کے واقعے کو بھول نہیں سکے۔۔۔ کچھ بھی نہ ہوتا، علاوہ اس کے کہ وہ زیادہ سے زیادہ دو چار سخت سست جملے کہہ دیتی یا۔۔۔" اس نے اپنی زبان کو بریک لگا یا۔ اسے حیرت تھی کہ ایسا خیال الفاظ کی شکل کیسے اختیار کرنے جا رہا تھا، اور وہ بھی اس کی زبان پر۔ اتنے میں دروازہ پر، جو تھوڑا سا کھلا ہوا تھا، کسی نے ٹک ٹک کی

اور تقریباً فوراً ہی بیرا داخل ہوا، کافی کی ٹرے ایک ہاتھ میں سنبھالے ہوئے۔

سدھیر کی ملازمت ایسی تھی کہ اسے شہر شہر جانا پڑتا تھا۔ اچھے اور اوسط درجے کے ہوٹلوں کا اسے خاصا تجربہ تھا۔ اپنی موجودگی کا پہلے سے احساس دلائے بغیر بیرے کمرے میں داخل نہیں ہوتے، یہ اسے خوب اچھی طرح معلوم تھا۔ لیکن اس کا اس طرح داخل ہونا کہ کمرے کے بجائے جیسے ٹرے دیکھ رہا ہو، اسے کچھ عجیب سا لگا۔ یہ تجربہ اس کے لیے نیا تھا۔ لیکن وہ سمجھ گیا، مسکرایا بھی، کچھ اداس بھی ہوا کہ ہنی مون کے لیے خریدے ہوئے ٹکٹ سے وہ اکیلا ہی آیا تھا اور اس کمرے میں تو کچھ ایسا تھا بھی نہیں۔ کوئی یکایک بھی داخل ہو جاتا تو دونوں ایک دوسرے سے چار پانچ فٹ کے فاصلے پر رکھی ہوئی کرسیوں پر بیٹھے ہوئے ہی ملتے۔

شبنم کا اشارہ پاتے ہی بیرے نے چھوٹے لیکن خوبصورت سے اسٹول پر ٹرے رکھ دی تو اس نے اپنی کرسی آہستگی سے میز کی طرف کھسکائی۔ سدھیر نے بھی یہی کیا۔ کافی کے دو دو گھونٹ لینے کے باوجود دونوں ہی خاموش تھے۔ ممکن ہے یہ خاموشی انہیں کاٹ رہی ہو۔ لیکن انہیں اس کا واضح طور سے احساس نہ تھا اور اگر اس سے زیادہ کچھ تھا بھی تو دونوں اس سے بے خبر تھے۔ اب یہ خاموشی انہیں توڑنی ہوگی۔ دونوں نے جیسے ایک ساتھ سوچا لیکن پہل شبنم نے کی۔

"آپ جے پور پہلی بار تشریف لائے ہیں؟"

"پہلی بار تو نہیں لیکن اتفاق سے یہاں آنا کم ہی ہوا ہے، بس دو تین بار۔ ویسے یہ شہر مجھے پسند ہے لیکن کئی بار خواہش کے باوجود دوسری مصروفیات کے سبب پرچیز آفیسر کو بھیجنا پڑا۔"

اس میں تھوڑا سا جھوٹ تھا۔ کمپنی میں اس کی طرح کے کئی پرچیز آفیسر تھے اور یہ

محض اتفاق تھا کہ یہاں آنے کی نوبت بس دو تین بار ہی آئی تھی۔ شبنم کی آنکھوں میں اس کے بیان کے بارے میں کسی قسم کا شک نہ تھا اور ایسا کرنے کا کوئی سبب بھی نہ تھا البتہ ہلکا سا تجسس ضرور تھا اور نہیں بھی تھا تو سدھیر کی اس خواہش نے جس سے وہ خود بھی پوری طرح واقف نہ تھا، کچھ ہونے یا کچھ نہ ہونے کے سلسلے کو ختم نہیں ہونے دیا تھا۔ لیکن سوال دوسری طرف سے ہو گیا۔

"یہاں آپ۔۔۔؟"

کافی تھے یہ دو لفظ گفتگو کے سلسلے کو طول دینے کے لیے لیکن وہ سب کچھ پہلی ملاقات میں بتا کر بعد کی ملاقاتوں کو موضوع کی تلاش میں ضائع نہیں کرنا چاہتا تھا۔ اپنی اس خواہش پر اسے ہنسی آئی لیکن اس نے اسے جملے میں تبدیل کر دیا۔

"جی چھوٹا سا کام ہے، پورے ملک سے اچھی سے اچھی ساریاں چھانٹ کر ایکسپورٹ کرتا ہوں۔ دنیا بھر میں ساری کا رواج بڑھ رہا ہے۔"

شبنم مسکرائی لیکن اس نے یہ سوچا کہ ساری کی یہ بات طول کھینچ سکتی ہے اس لیے اس پر روک لگانے کی کوشش کی "اب تو ورک کلچر بڑھ رہا ہے، عورتیں آفسوں میں شلوار قمیص پہنتی ہیں، بہت سی تو جینز بھی۔۔۔"

سدھیر سمجھ تو گیا لیکن اس نے ہار نہیں مانی۔ ایک کوشش اور کی۔ "جی ہاں یہ تو ٹھیک ہے، لیکن لوگوں کے پاس پیسہ ہوتا ہے تو سیر سپاٹا بھی ہوتا ہے۔" اس نے اپنی دلیل زیادہ آگے نہیں بڑھائی لیکن اس کی ساری کی طرف دیکھا تو شبنم کو اس میں ٹن ٹن کرتی ہوئی خطرے کی گھنٹی سنائی دی اور اس نے دروازہ پاٹوں پاٹ بند کر دیا۔

"آپ کا خیال درست ہے۔ کچھ لوگوں کو کپڑے خریدنے کا شوق بھی ہوتا ہے۔ کبھی مجھے بھی تھا، لیکن اب بالکل ہی نہیں ہے۔ اتنی بہت سی ساریاں پڑی ہیں کہ ان میں

سے کچھ کے پہننے کی تو شاید نوبت ہی نہ آئے۔" اس نے کہا۔

سدھیر نے اس دروازے کے بند ہونے کی آواز بھی سنی۔ اسے ذرا سا اطمینان بھی ہوا۔ اس کی تنخواہ اتنی نہیں تھی کہ شہروں شہروں قیمتی ساریاں بانٹتا پھرے۔ لیکن اس امکان سے تھوڑا سا شرمندہ بھی ہوا کہ اس کے دعوے کے باوجود ممکن ہے شبنم نے اسے پرچیز آفیسر ہی سمجھا ہو۔ اس الجھن سے نکلنے کے لیے اس نے وہ بات جو رو میں کسی اور طرف نکل گئی تھی، اس وقت بے موقع ہونے کے باوجود جوڑ دی۔

"جے پور مجھے بہت اچھا لگتا ہے، کبھی کبھی کام ختم ہونے کے بعد بھی چار چھے دنوں کے لیے رک جاتا ہوں۔"

وہ مسکرائی، جیسے بات کی تہہ تک پہنچ گئی ہو اور بولی، "میں ان ہی دنوں بس سات دن کے لیے۔۔۔"

اس نے جملہ نامکمل چھوڑ دیا۔ یہ بھی نہیں بتایا کہ وہ ہر سال جے پور ہی آتی ہے۔ سدھیر نے اس بارے میں پوچھنا چاہا لیکن اس خیال سے کہ اگلی ملاقات میں باتوں باتوں میں معلوم کر لے گا، ارادہ بدل دیا۔ اسی وقت اسے خیال آیا کہ "ان دنوں" کہتے وقت شبنم کے چہرے پر ہلکی سی اداسی چھا گئی تھی، جس پر پردہ ڈالنے کی اس کی کوشش پوری طرح کامیاب نہ ہو سکی تھی۔ سدھیر خود بھی اس معمے میں الجھ گیا تھا، پھر بھی اس کی یہ الجھن اس ذہنی کیفیت سے بہتر تھی جس کا سلسلہ ہنی مون کا پروگرام یکایک ختم ہونے پر پانچ چھے دن قبل شروع ہوا تھا۔

سدھیر کا خیال تھا کہ رخصت ہوتے وقت، رسماً ہی سہی، وہ اسے دوبارہ آنے کی دعوت ضرور دے گی، لیکن ایسا کچھ بھی نہیں ہوا۔ اس نے کسی طرح کی پسندیدگی کا اظہار کیا تھا نہ ناپسندیدگی کا۔ دروازہ کے پٹ فوراً ہی بند ضرور کیے تھے لیکن آہستگی سے، کسی

آواز کے بغیر۔

اگلے چار دن کے قیام کے دوران لاونج، لان اور لفٹ میں شبنم کا سامنا تو کئی بار ہوا لیکن بات رسمی مسکراہٹوں کے تبادلے یا سروں کی خفیف سی جنبش سے ذرا بھی آگے نہ بڑھی۔ سدھیر کو شبنم میں کوئی خاص دلچسپی نہ تھی لیکن گھر سے دور، کسی ایسے مقام پر جہاں لوگ ڈھرے کی زندگی سے چھٹکارہ پانے، کاروبار حیات میں خود کو دوبارہ جھونک دینے کے لیے تیار کرنے یا زندگی میں تھوڑی سی رنگینی بھرنے کے لیے آتے ہیں، اس کے برتاؤ نے جس میں کوئی اتار تھا نہ چڑھاؤ، اس کے دل میں تجسس کا ایک عنصر ضرور پیدا کر دیا تھا۔

اس تجسس کی سیرابی کچھ ایسی مشکل نہ تھی، اور خاص طور سے اس طرح کے ہوٹل میں جہاں بخشش کے اونٹ پر بیٹھ کر محفوظ سے محفوظ پناہ گاہ میں داخل ہوا جاسکتا ہے۔ لیکن اپنی خواہش، جو کچھ ایسی شدید بھی نہ تھی، اس طرح پوری کرنا جس میں تھوڑی سی کمینگی بھی شامل تھی، اسے دونوں کی توہین معلوم ہوئی، اپنی بھی، شبنم کی بھی۔

اس کی عادت تھی کہ چیک آؤٹ کرنے سے ایک دن پہلے تک کے بلوں کی ادائیگی چیک سے کرنے کے بعد باقی رقم نقد ہی ادا کرتا تھا۔ معلوم نہیں کیوں اس طرح اسے احساس ہوتا تھا کہ زیر باری کم ہوئی ہے اور چھوٹی موٹی خریداری کے لیے اس کے پاس بہت پیسے بچ گئے ہیں۔۔۔ کاؤنٹر سے یہ پوچھے جانے پر کہ بل تیار ہے، کیا کمرے میں بھیج دیا جائے وہ خود ہی ریسپشن پر چلا آیا تھا اور چیک لکھ ہی رہا تھا کہ کسی بیرے نے اکاؤنٹینٹ سے کہا تھا، "مس شبنم کا بل بھی بنا دیجیے۔ وہ کل چیک آؤٹ کریں گی۔"

شبنم کے نام کے ساتھ "مس" سن کر اسے خیال آیا کہ انھوں نے خود کو شاید مسز بتایا تھا، یا شاید نہ بتایا ہو اور میں نے آپ ہی آپ فرض کرلیا ہو، اس نے سوچا۔ اس کا جی

چاہا کہ ہوٹل سے رخصت ہونے سے قبل ایک بار شبنم سے ملاقات ضرور کرلے۔ لیکن کیسے ؟ کیا کہے گا وہ ان سے ؟ اس دن تو ایک بہانہ تھا، اس وقت تو یہ بہانہ بھی نہ ہو گا۔ یہ کہنا کہ میں کل جارہا ہوں مناسب ہو گا؟ اس نے سوچا۔ اور اگر اس نے جواب میں کہہ دیا "اطلاع دینے کا شکریہ۔ اور کچھ ؟" تو وہ اس خیال سے بھی محروم ہو جائے گا کہ وہ اس کے بارے میں شاید کبھی سوچے، بس یوں ہی، کسی جذبے اور احساس کے بغیر، جس کی اسے امید تھی نہ خواہش۔۔۔ ان خیالات کا یہ سلسلہ اس وقت ٹوٹا جب ٹیکسی پارکنگ سلاٹ میں داخل ہورہی تھی۔

عادت کے مطابق روانگی سے ایک روز قبل اس نے کچھ چھوٹی بڑی چیزیں خریدیں، دو چار اپنے اور باقی گھر کے دوسرے لوگوں کے لیے۔ ان میں چند ایسی بھی تھیں جن کے لیے جے پور مشہور ہے، جیسے پاؤ بھر روئی کی دھنی ہوئی دو دلائیاں اور درازوں کے چار ایسے پردے جن کے دائیں بائیں اور نیچے چھوٹی چھوٹی خوبصورت گھنٹیاں لگی ہوتی ہیں اور اسے ہاتھ لگاتے ہی ٹن ٹن کی دھیرے دھیرے پھیلنے والی میٹھی میٹھی سی آواز فضا میں بکھر جاتی ہے۔

لفٹ میں شبنم پہلے ہی سے موجود تھی۔ سدھیر اور پیچھے پیچھے سامان سے ٹھسے پولی تھین کے دو بڑے تھیلے لیے وہ اور بیرا داخل ہوئے اور اُن پر اس کی نظر پڑی تو وہ خوش دلی سے بولی۔ "بہت خریداری کرڈالی، کیا ہوٹل سے دل بھر گیا؟" اس کے دل نے ہوٹل کے معنوں کو وسعت دی اور اس کو کچھ ایسی نظر سے دیکھا جس میں کسی قسم کی امید کے چراغ تو روشن نہ تھے لیکن ناامیدی بھی نہ تھی۔

"آج نہیں، کل۔۔۔ کل شام میں۔۔۔"

اسی وقت اسے خیال آیا کہ شبنم نے وہ بات تو نہیں پوچھی تھی جس کا اس نے جواب

دے دیا ہے۔ لیکن شاید وہ یہی پوچھنا چاہتی تھی۔ اس نے سوچا اور اپنے خیال کو مزید تقویت دینے کے لیے پہلے آنکھوں ہی آنکھوں میں اور پھر الفاظ کا سہارا لے کر پوچھ لیا۔

"اور آپ۔۔۔؟"

"میں؟" اس نے محسوس کیا کہ وہ کچھ سوچ رہی ہے۔۔۔ کیا جواب دے۔

"ابھی طے نہیں کیا ہے۔" لہجہ سپاٹ تھا۔

امیدوں پر، جنہیں امید کہنا بھی مناسب نہ ہو، اوس ایسے بھی پڑتی ہے۔

اتنے میں چوتھی منزل آگئی۔ سدھیر لفٹ سے باہر نکلا۔ بیرا بھی باہر آگیا۔ دھیرے دھیرے بند ہوتے ہوئے دروازے سے اس نے شبنم کی طرف دیکھا۔ اس کے چہرے پر خوشی تھی نہ کسی غم کا کوئی سایہ۔

تھیلے کو ایک کونے میں رکھ کر بیرا چلا گیا تو اس نے خود کو بستر پر پھینک دیا، بالکل اس طرح جیسے کوئی غیر ضروری سامان پھینک دیتا ہے۔ اسی وقت ریسپشن پر بیرے کا جملہ اس کی یادوں میں چمک اٹھا اور تجسس نے تکان اور بے دلی کی جگہ لے لی۔ اسی طرح لیٹے لیٹے اس نے مسہری کے سرہانے کا گھنٹی کا بٹن ٹٹولا جو دوسری کوشش میں مل گیا اور اس نے دھیرے سے اسے دبا دیا۔ وہ تھوڑی دیر تک دروازے پر نظریں گاڑے رہا۔ کچھ نہ ہوا۔ اس نے بٹن دوبارہ دبایا، کسی قدر زور سے اور فوری طور سے اس پر سے انگلی ہٹائی بھی نہیں۔ بمشکل پندرہ بیس سیکنڈ بعد بیرا کمرے میں داخل ہوا، گھبرایا ہوا، کچھ پریشان سا۔ ہانپتا ہوا۔ اس کی سمجھ میں نہ آیا کہ کیا کہے۔۔۔ اٹھ کر بیٹھ گیا۔ پتلون کی پیچھے کی جیب سے پرس نکالا اور اس میں سو روپے کا ایک نوٹ نکال کر اس کی طرف بڑھا دیا۔

"کیا لانا ہے ساب؟"

"کچھ نہیں۔۔۔ تم رکھ لو۔"

بیرا چکرا گیا۔۔۔ بیس پچیس روپے تو ہر دن مل ہی جاتے تھے، اور صاحب جائیں گے تو کل، پھر یہ سو روپے۔ ابھی وہ اس گتھی کو سلجھانے میں ہی لگا ہی تھا کہ کئی بار کی کوشش اور خود سے لڑنے جھگڑنے کے بعد سدھیر کے منہ سے صرف ایک لفظ نکلا۔

"مس شبنم؟"

ہوٹل کے کمروں کے باہر ہی باہر چکر لگاتے ہوئے بیرے تھوڑے ہی دنوں میں اندر کی دنیا بھی دیکھ لیتے ہیں۔ وہ سب کچھ سمجھ گیا۔

"شبنم میم صاحب۔ آپ کے کمرے کے اوپر، جو پانچویں منزل میں ہیں؟"

اس نے کوئی جواب نہیں دیا۔ بس سر ہلا دیا۔

"ہر سال آتی ہیں۔"

سدھیر نے اس کی طرف دیکھا، اس امید میں کہ شاید وہ کچھ اور بتائے۔ لیکن وہ خاموش تھا۔ پانچ چھے برس سے طرح طرح کے ہوٹلوں میں قیام کرتے کرتے وہ بھی بیروں کی ایک ایک نس سے واقف ہو چکا تھا۔ اس نے پرس سے سو کا ایک اور نوٹ نکالا اور اس کی طرف بڑھا دیا۔

"دس سال سے برابر آ رہی ہیں۔ کوئی سال خالی نہیں جاتا۔۔۔ پہلی بار آئیں تو نئی شادی ہوئی تھی۔ پھول کی طرح ہر وقت کھلی رہتی تھیں۔ شاید اسی سال۔۔۔ ان کے شوہر بھی بہت خوبصورت تھے۔ لیکن۔۔۔" بیرا "لیکن" کہہ کر خاموش ہو گیا تو سدھیر نے اشارہ سمجھ لیا اور ایک نوٹ پرس سے نکالا۔

"ٹریجڈی ہو گئی تھی ان کے ساتھ، بہت بڑی ٹریجڈی۔۔۔ چوتھے ہی دن جانے کیا ہوا کہ صاحب بالکنی سے گر گئے اور۔۔۔"

"اوہ!" سدھیر کے منہ سے صرف ایک لفظ نکلا۔ اس نے سوچا بھی نہ تھا کہ بیرے کا

بیان اس قدر اندوہناک موڑ لے سکتا ہے۔

"اس کے بعد ہر سال انہی دنوں میں آتی ہیں۔ یہ کمرہ۔۔۔" اس نے سدھیر کی طرف دیکھا۔ "اس بار کچھ ایسی مجبوری تھی کہ خالی ہونے میں دیر ہو گئی اور بعد میں آپ کو دے دیا گیا، خالی ہونے والے دن ہی۔ یہ ٹریجڈی ۲۲ فروری کو ہوئی تھی۔ ہر سال اگلے دن لوٹ جاتی ہیں، پانچویں دن۔ کل پانچواں دن ہے۔"

بیرا خاموش ہو گیا۔ سدھیر نے سوچا کہ شاید وہ پرس کو ایک اور بار کھولتے ہوئے دیکھنا چاہتا ہے، لیکن بیرے کو اس کی امید نہ تی اس لیے اس نے اپنا تار جوڑا، "کل بل بنانے کے لیے کہا تھا لیکن آج فون کر دیا ہے کہ ابھی دو چار دن اور رہیں گی۔۔۔ جانے کیوں؟"

سدھیر کا جی چاہا کہ بیرے سے کہہ دے "بس۔ بہت ہو چکا۔" لیکن سارے پردے تو اٹھ چکے ہیں، شاید ایک آدھ رہ گیا ہو، اس نے سوچا، وہ بھی کیوں نہ اٹھ جائے۔ بیرے نے اس کی آنکھوں میں اشتیاق کی جھلک دیکھی تو خود کو نہ روک سکا۔

"ان دس برسوں میں بیرن کے علاوہ آپ شاید پہلے آدمی ہیں جو ان کے کمرے میں گئے ہیں۔ اس بار تو ایک آدھ بار باہر نکلیں بھی، نہیں تو کمرے ہی میں بند رہتی تھیں۔ چائے، کھانا وہیں منگا لیتی تھیں۔۔۔ لیکن بالکنی پر جو اب جالی سے بند کر دی گئی ہے، کبھی کبھی نظر آ جاتی تھیں۔"

اسی وقت سدھیر نے اشارہ کر کے اسے خاموش کر دیا، یہ سوچ کر کہ اب کلی پھندنے ہی لگنے کو رہ گئے ہیں۔ بیرے کی آنکھوں میں ہلکی سی مایوسی تھی۔ لیکن سدھیر نے اس کا دل نہیں توڑا اور مسکراتے ہوئے ایک اور نوٹ اسے دے دیا، ہاتھ سے اشارہ کرتے ہوئے کہ اب اسے کچھ نہیں سننا۔

ٹیکسی پورٹیکو میں کھڑی تھی۔ اس کا سامان رکھا جا چکا تھا۔ سامان جاتے ہوئے دیکھ کر چوتھی منزل کے دوسرے دو بیرے بھی اسے سلام کرنے کے لیے آ کھڑے ہوئے۔ اس نے انہیں پچاس پچاس کے نوٹ دے دیے لیکن اس کے اپنے بیرے کے نوٹ کا رنگ مختلف تھا۔

ٹیکسی اسٹارٹ ہوئی تو اس نے ہوٹل کو افسردہ نظروں سے دیکھا، ڈرائیو سے باہر نکلتے ہی ڈرائیور کو اشارہ کیا تو کار دھیمی ہو گئی۔ اس نے کھڑکی سے منہ نکالا۔ پانچویں منزل کا انیس نمبر کمرہ کچھ کچھ نظر آ رہا تھا۔ وہ اسی میں ہوگی۔ اس نے سوچا۔ اپنے زخموں کو کریدتی ہوئی، انہیں بھلانے کی کوشش کرتی ہوئی۔ ڈرائیور کی جانب دیکھے بغیر اس نے اسپیڈ بڑھانے کے لیے ہاتھ ہلایا۔ اور اپنے چہرے کو سامنے کے چھوٹے سے آئینے سے بچانے کے لیے آگے والی سیٹوں کے پیچھے ذرا سا جھک کر آنسو پونچھے۔

"آگے بڑھ کر مال روڈ لے لینا۔ ادھر بھیڑ بہت ہوتی ہے، ایئرپورٹ جلدی پہنچنا ہے۔" اس نے کہا اور مڑ کر ہوٹل کو ایک بار اور دیکھنے کی کوشش کرنے لگا۔

* * *

۳

عید گاہ

"تب ایک بڑی دل چسپ بات ہوئی، حامد کے چمٹے سے بھی عجیب۔ بچے حامد نے تو بوڑھے حامد کا پارٹ ادا کیا تھا۔ بوڑھی امینہ بچی امینہ بن گئی تھی، وہ رونے لگی۔ دامن پھیلا کر حامد کو دعائیں دیتی جاتی تھی اور آنکھوں سے آنسو گراتی جاتی تھی۔ حامد اس کا راز کیا سمجھتا۔"

جو راز حامد کو معلوم تھا وہ نہ بوڑھی امینہ کو معلوم تھا اور نہ بچی امینہ کو۔ اسے کچھ وہی جانتا تھا۔ اپنے چمٹے سے، خاکی وردی پہنے، لال پگڑی باندھے اور کندھے پر بندوق رکھے سپاہی، جھکی ہوئی کمر پر مشک رکھے بھشتی، کالے چغے کے نیچے سفید اچکن اور اچکن کی جیب میں سنہری زنجیر ڈالے وکیل اور چمڑے کی جھلی منڈھی دھپ دھپ کرنے والی خنجری کو اس نے ہرا تو دیا تھا اور اس پر خوش بھی تھا لیکن کچھ کچھ ڈر بھی رہا تھا۔

وہ کبھی اپنے چمٹے کو ایک ہاتھ میں لیتا، کبھی دوسرے ہاتھ میں۔ کبھی اسے اوپر سے پکڑ کر زمین پر کھٹ کھٹ کرتا۔ جب وہ اسے عصا کے طور پر استعمال کرتا تو اس کے قدم زمین پر دھیرے دھیرے پڑتے جیسے بوڑھا ہو گیا ہو، جب وہ اسے کندھے پر رکھ کر بندوق کا مزہ لیتا تو اس کے سارے بدن میں تیزی، چستی بھر جاتی اور زمین پر غرور سے بھد بھد پیر مارتا آگے بڑھنے لگتا۔

خوشی اور خوف کے جذبوں کے علاوہ اس کے سر میں ایک سودا بھی سمایا تھا کہ کس

طرح جلدی سے جلدی گھر پہنچ کر دست پناہ بوڑھی دادی کو دے دے۔ عید گاہ میں وکیل صاحب، بھشتی، سپاہی، خنجری اور ان کے مالکوں سے اسے اپنی بحث یاد تھی۔ محمود کے دیے ہوئے کیلے بھی یاد تھے۔ لیکن اس کے بعد وہ کب ان کے گھیرے سے الگ ہو گیا، یہ اسے ٹھیک سے یاد نہ تھا۔

ہوا یہ تھا کہ اس نے کچی سڑک چھوڑ کر ایک پگڈنڈی پکڑلی تھی۔ کھیتوں، کھلیانوں، کانٹے بھرے راستوں اور کھابڑ کھوبڑ زمین سے گزرتے ہوئے اسے کئی بار ڈر لگا تھا کہ کہیں وہ راستہ بھول تو نہیں گیا ہے لیکن اسے کچھ کچھ اندازہ تو تھا ہی۔۔۔ اور جب اس نے دور سے پیپل کا درخت دیکھا اور پھر اس کے تنے میں رکھی ہوئی شیوجی کی مورتی اور کچھ سوکھے اور کچھ تازہ پھول تو اسے یقین ہو گیا کہ وہ اب گاؤں پہنچا ہی چاہتا ہے۔ اسے یہ بھی یقین تھا کہ وہ سب سے پہلے گاؤں واپس پہنچے گا۔

گاؤں واپس آنے کی خوشی میں جہاں اس کا دل دھڑک رہا تھا وہاں اس دھڑکن میں کچھ کچھ ڈر بھی شامل تھا۔ اسے اس وقت یہ معلوم نہ تھا کہ وکیل صاحب کی لاش گھورے پر پھینک دی جائے گی۔ بھشتی میاں تھوڑی دیر میں ہی پرلوک سدھار جائیں گے اور سپاہی میاں اپنی بندوق لیے زمین پر آ رہیں گے اور ان کی ٹانگ ایسی ٹوٹے گی کہ گولر کے دودھ سے بھی نہیں جڑ پائے گی لیکن وہ یہ ضرور جانتا تھا کہ ان سب کا حشر ہونا یہی ہے اور جب ان کا یہ حشر ہو گا تو وہ چاہے جہاں بھی ہو، چاہے جیسا بھی ہو، سب اس کے چمٹے کو الزام ضرور دیں گے۔

مفتوحوں سے وقار اور خوشامد کا خراج وصول کرنے کے باوجود ڈر تھا کہ اس کا ساتھ نہیں چھوڑ رہا تھا۔ وہ جانتا تھا کہ انہوں نے ہار مان تو لی ہے لیکن وہ سب بھشتی، وکیل، خنجری، سپاہی ایک نہ ایک دن اس کے چمٹے کو نیچا دکھانے کی کوشش ضرور کریں گے۔ اس

نے دو ایک بار پلٹ کر دیکھا بھی تھا کہ کہیں یہ سب اس کا پیچھا تو نہیں کر رہے ہیں۔ حامد نے یہ ڈر اپنی دادی سے چھپا لیا۔ لیکن جب امینہ رونے لگی تو وہ بھی رونے لگا۔ جس طرح حامد اس کے آنسوؤں کے راز کو نہ سمجھ سکا تھا اسی طرح امینہ بھی اس کے آنسوؤں کے راز کو نہ جان سکی تھی۔

لیکن اس نے حامد کو چمٹا لیا اور چٹاچٹ اس کی پیشانی کے بوسے لینے لگی۔

حامد کے عید گاہ جانے کے بعد امینہ نے ایمان کی طرح بچائے پیسوں میں سے جن میں سے اس نے تھوڑے سے حامد کو دے دیے تھے، آٹھ آنے کی سویاں اور چالیس پیسے کا دودھ خرید لیا۔ تھوڑی سی کھانڈ پہلے ہی سے ڈبے میں رکھی ہوئی تھی اور اس نے سوئیاں پکا لیں۔ صبح سویرے اس نے گھر میں جھاڑو بہارو کر کے چولہا بھی پوت دیا تھا۔ کچھ تو تازی پکی سویوں کا سوندھا پن اور کچھ لپے پتے چولہے کی خوشبو، حامد کی بھوک ایک دم جاگ اٹھی۔

اس نے امینہ سے کہا، "دادی آج تم نے سوئیاں پکائی ہیں؟"

"ہاں میرے پوت۔" دادی نے کہا، "میں ابھی دیتی ہوں۔۔۔" اور جلدی سے پتیلی چولہے کے اوپر سے اتار کر زمین پر رکھ دی۔ برتنوں کی ٹوکری پھوس کی چھت میں میں دھنی سے لٹکی تھی، اس نے ایک ہاتھ سے گھٹنے پر زور دے کر اٹھانا چاہا تو پیر ڈگمگائے۔ لیکن لمبا سا چمٹا ہاتھ میں تھا اسی کو ٹکا دیا اور کھڑی ہو گئی۔ ٹوکری میں سے ایک پرانی کٹوری جسے مانجھ کر اس نے خوب چمکا دیا تھا نکالی، اور اس میں بہت سی سوئیاں انڈیل دیں۔

"دادی یہ تو بڑے مزے کی ہے۔" حامد نے کٹوری کی عزت برقرار رکھنے والے چمچے سے سوئیاں کھاتے ہوئے کہا۔

"اور لے لینا بیٹے۔" دادی نے کہا اور خوش ہو گئی کہ اس کی محنت سوارت ہو گئی۔

"لیکن تم تو کھا نہیں رہی ہو۔" حامد نے چمچہ کٹوری میں رکھتے ہوئے کہا۔

"تم کھالو۔" امینہ نے کٹوری حامد کے اور قریب کر دی۔

"نہیں دادی، میں نہیں کھاؤں گا، جب تک تم نہیں کھاؤ گی۔۔۔" حامد نے ضد کی۔۔۔ آخر بوڑھی امینہ نے حامد کی ضد کے آگے ہار مان کر ایک دوسری کٹوری میں تھوڑی سی سوئیں انڈیل لیں۔ لیکن گھر میں چمچہ ایک ہی تھا۔ وہ کھاتی کیسے؟

حامد امینہ کو سوئیاں انڈیلتے دیکھ کر ہی خوش ہو گیا تھا اور اس نے دوبارہ سوئیاں کھانا شروع کر دی تھی۔ اس نے دادی کو کٹوری سامنے رکھے خاموش بیٹھے دیکھا تو سمجھ گیا کہ چمچہ تو ایک ہی ہے دادی کھائے گی کیسے، اس نے کہا، "ایک چمچہ سوئیں میں کھاؤں گا ایک تمہیں کھلاؤں گا۔"

"میرے لال۔۔۔" امینہ کی آنکھوں میں آنسو امنڈ آئے۔ ابھی حامد چمچہ میں سوئیں لے کر امینہ کی طرف بڑھا ہی رہا تھا کہ دروازہ اپنے آپ پاٹوں پاٹ کھل گیا اور خنجری کی دھپ دھپ کی آواز فضا میں گونجی۔ خنجری کے دو ہاتھ بھی تھے اور دو پاؤں بھی اور وہ دھپ دھپ کرتی ان دونوں کی طرف بڑھ رہی تھی۔ اس کے پیچھے بھشتی میاں تھے، کمر جھکی ہوئی اور اس پر پانی سے بھری مشک لادے ہوئے۔ ان دونوں کے پیچھے وکیل صاحب تھے۔ شیروانی پر کالا کوٹ ڈالے۔ اور سب سے آخر میں سپاہی تھا، کندھے پر بندوق دھرے۔ یہ چاروں دادی پوتے کے پاس آکر کھڑے ہو گئے۔ خنجری نے ایک بار پھر دھپ کی تو وکیل صاحب نے ایک قدم آگے بڑھ کر امینہ سے کہا، "تمہارے حامد نے مجھے قتل کر کے میری لاش گھورے پر پھینک دی تھی۔"

"اور میری ٹانگ توڑ دی اور وردی پھاڑ ڈالی۔۔۔" سپاہی بولا۔ اس نے اپنے الزام کے ثبوت میں ہوا میں ایک فائر داغا تو حامد اور اس کی دادی ڈر کے مارے کانپنے لگے۔

خنجری نے ایک بار پھر دھپ دھپ کی۔

"حامد نے میرا پیٹ پھاڑ ڈالا۔"

"میں نے کچھ نہیں کیا وکیل صاحب۔۔۔" حامد نے ڈرتے ڈرتے کہا۔

"نہیں، تم نے ہم کو قتل کیا ہے۔" وکیل صاحب نے کہا اور خنجری نے پھر دھپ دھپ کی۔

"حامد نے ہم سب کو قتل کیا ہے۔"

اور یہی جملہ ساری خنجریوں نے دور دور تک دہرایا، "حامد نے ہم سب کو قتل کیا ہے۔"

امینہ نے رو رو کر اپنے پوتے کی بے گناہی کی قسمیں کھائیں تو وکیل صاحب نے اپنی بساط بچھائی۔

"کیوں حامد! کیا تو نے یہ نہیں کہا تھا کہ چاہوں تو اپنے چمٹے سے چھرے کا کام بھی لے سکتا ہوں؟"

"ہاں میں نے کہا تھا۔" حامد نے جو دادی کی ٹانگوں کے سہارے کھڑے ہونے کے باوجود تھر تھر کانپ رہا تھا۔ جواب دیا۔ وکیل صاحب خاموش ہو گئے۔ اب انہوں نے اگلا پانسہ پھینکا، "کیا تو نے نہیں کہا تھا کہ میرا دست پناہ چاہے تو خنجری کا پیٹ پھاڑ ڈالے۔"

"ہاں! یہ بھی میں نے کہا تھا۔" یہ جواب سن کر وکیل صاحب کی باچھیں کھل گئیں۔ انہوں نے فوراً دوسرا سوال داغ دیا، "کیا تو نے سپاہی کو یہ کہہ کر دھمکی نہیں دی تھی" کہ "یہ بے چارے رستم ہند کو پکڑیں گے۔۔۔؟ اچھا لاؤ ابھی مقابلہ ہو جائے۔ اس کی صورت دیکھتے ہی بچہ کی ماں مر جائے گی۔ پکڑیں گے کیا بے چارے؟"

"ہاں! میں نے یہ بھی کہا تھا۔۔۔" حامد جھوٹ کیوں بولتا۔ اسے اندازہ بھی نہ تھا کہ

وہ وکیل صاحب کے جال میں پھنستا جا رہا ہے۔ حامد کی زبان سے جرم کا اقرار سن کر وکیل صاحب کی خوشی کا ٹھکانہ نہ رہا۔ اب انہوں نے آخری اور فیصلہ کن داؤ مارا، "کیا تو نے نہیں کہا تھا کہ وکیل صاحب کرسی پر بیٹھیں گے تو میرا دست پناہ انہیں زمین پر پٹک دے گا۔ اور سارا قانون ان کے پیٹ میں ڈال دے گا؟"

"یہ میں نے ضرور کہا تھا۔"

اب حامد اس سارے ڈرامے کو مذاق سمجھنے لگا۔ اسے وکیل صاحب کے اس حشر پر ہنسی آگئی۔ حامد کو ہنستا دیکھ کر وکیل صاحب کو جیسے غصہ آگیا۔

"ایک تو تو نے قانون اپنے ہاتھ میں لے لیا اور اوپر سے ہنس رہا ہے۔" وکیل صاحب گرجے۔ حامد نے اپنے دونوں ہاتھ پھیلا کر دیکھے۔ اس میں قانون تو کیا کچھ بھی نہ تھا۔ وکیل صاحب کو حامد کی معصومانہ ادا بھی ایک آنکھ نہ بھائی اور بولے، "ہاتھ کیا دیکھ رہا ہے؟"

"دیکھو امینہ، حامد نے تمہارے سامنے اقبال جرم کیا ہے۔ اس سے بڑی اور کیا گواہی ہو سکتی ہے؟" انہوں نے گویا فیصلہ سنایا اور سپاہی کو اشارہ کیا۔

"حامد کو گرفتار کر لو اور آلۂ قتل اپنے قبضہ میں لے لو۔ حامد کے اقبال جرم کے تم سب گواہ ہو۔"

اپنی کامیابی کی خوشی میں اس کا سینہ پھول گیا تھا۔ انہوں نے ایک فاتح کے انداز میں خنجری، سپاہی، بھشتی، امینہ اور حامد پر نظر ڈالی اور دوسرا حکم داغ دیا، "امینہ بھی گرفتار کر لی جائے۔ قتل کے مجرم کو پناہ دینے کے الزام میں۔" سپاہی نے جھٹ سے آگے بڑھ کر حامد اور امینہ کے ہاتھوں میں ہتھکڑیاں ڈال دیں۔ حامد اور امینہ روتے اور چلاتے رہے لیکن ان کی آواز خنجری کی دھپ دھپ میں دب گئی۔

ایک خنجری کہتی، "حامد قاتل ہے۔ امینہ نے قتل کے مجرم کو پناہ دی۔" تو ساری خنجریاں دھپ دھپ کرکے اس اعلان کو دہراتیں اور اپنی بے گناہی کا اعلان کرنے والوں کی آوازیں خود ان کے کانوں تک نہ پہنچ پاتیں۔

اس کے بعد حامد اور امینہ کی آواز پھر کبھی نہ سنائی دی۔

اور بہت دنوں بعد ان سب کو حامد کے چمٹے کی یاد آئی اور اس کے سہارے حامد اور امینہ کی بھی۔ ہوا یوں کہ حامد کا چمٹا کیا ٹوٹا کہ تووں کی روٹیاں جلنے لگیں۔ روٹیوں کو بچانے کی کوشش میں ہاتھ جل گئے، کہیں چھالے بہہ کے پھوٹ نکلے، کہیں گہرے زخم بن گئے۔ اب ان سب نے حامد، اس کے چمٹے اور امینہ کو ڈھونڈنا شروع کیا۔ امینہ اور حامد تو نہیں ملے ہاں ان کا چمٹا ضرور مل گیا۔ بیچ سے ٹوٹا ہوا۔ ایک ٹکڑا عید گاہ کے ایک کونے میں پڑا تھا اور دوسرا بہت دور دوسرے کونے میں۔ لیکن یہ کام آسانی سے نہیں ہو گیا۔ بہت سے لوگوں نے مل کر یہ کام بہت دنوں بلکہ مہینوں اور برسوں کیا تب لوہے کے یہ لمبے لمبے ٹکڑے جو برف سے زیادہ ٹھنڈے تھے وہ تلاش کر سکے۔ اب انہیں ان ٹکڑوں کو جوڑنے کی فکر ہوئی، بھٹی دہکائی گئی، سب نے مل کر دھونکنی کی مدد سے بھٹی کی آگ کو خوب لپکایا۔ لیکن چمٹے کے دونوں کنارے، جہاں سے وہ پہلے کبھی جڑے تھے، پھر ایک نہ ہوئے۔

پھر انہوں نے ان دونوں ٹکروں کو اپنے سینوں سے لگایا، ان پر محبت سے ہاتھ پھیرا تو چمٹے کے دونوں بازوؤں کے سرے چمک اٹھے۔ ان میں گرمی کی ایک لہر دوڑ گئی۔ لیکن ابھی گرمی، دلوں کی گرمی، اتنی نہ تھی کہ حامد کا چمٹا جڑ کر پھر سے ایک ہو جاتا۔ اب وہ سب ایک دوسرے کے دلوں کی گرمی کی تلاش میں نکلے ہیں کہ اسے ایک جگہ جمع کر کے حامد کا چمٹا جوڑ دیں۔

***

۴

سوا نیزے پر سورج

میری بڑی بیٹی سامنے کھڑی مسکرا رہی تھی۔

میں نے پوچھا، "کھیل چکیں؟"

"کیا کھیلیں؟"

اس نے ہوا میں دونوں ہاتھ اٹھا کر جھلا دیے۔

"کیرم کیوں نہیں کھیلتیں؟"

"آپ تھوڑی دیر بعد کہیں گے تم لوگ شور کرتے ہو۔۔۔؟ اور پھر شگوفہ کھیلنے بھی تو نہیں دیتی۔۔۔ تھوڑی تھوڑی دیر بعد سب گوٹیں گڑبڑ کر دیتی ہے۔ خود تو کھیلنا آتا نہیں، ہمیں بھی نہیں کھیلنے دیتی۔"

"بچی ہے۔" میں نے کہا۔ "اپنی چھوٹی بہن کا خیال تو کرنا ہی چاہیے۔" میں نے اپنے حساب سے سارا جھگڑا چکا دیا۔

"تو ہم کون سے بوڑھے ہو گئے ہیں، ہم بھی تو بچے ہیں۔" فوزیہ نے سادگی اور بھولے پن سے کہا۔ میں نے مسکرا کر اس کی طرف دیکھا۔ واقعی ابھی وہ بچی ہی تو تھی۔ اس سے یہ امید کرنا کہ چھوٹے بھائی بہنوں کے جھگڑے چکائے، چھوٹی بہن کیرم کی گوٹوں کو کھیل کے درمیان بار بار بگاڑ دے تو غصہ ہونے کے بجائے انہیں پھر اپنی جگہ رکھ کر سجائے اور منائے، اس کے ساتھ ذرا زیادتی ہی تھی، اس لیے میں نے کہا، "تو تم

دونوں لوڈو کیوں نہیں کھیلتیں؟"

"صبح تو کھیلا تھا۔"

"تو اور کھیلو۔"

"اور کیا کھیلیں؟" وہ منمنائی۔ "صبح جب سیف ہارنے لگے تو خفا ہو کر الگ بیٹھ گئے۔ "بولے، "آپ ہمیشہ ہرا دیتی ہیں، ضرور بے ایمانی کرتی ہیں۔"

"تو ایسا کرو۔" میں نے ایک ترکیب نکالی۔ "خود تو دو گوٹوں سے کھیلو اور اس کو چار گوٹوں سے کھیلنے دو۔"

"اس سے کیا ہو گا؟" فوزیہ نے پوچھا۔

"ہو گا یہ کہ تم اچھا کھیلتی ہو تو جیتو گی ہی۔ اس طرح ممکن ہے سیف بھی کبھی جیت جائیں اور ان کی بھی خوشی ہو جائے۔"

"اس میں اچھا کھیلنے کی کون سی بات ہے۔" اس نے کہا۔ "یہ تو قسمت کی بات ہے۔ پانسہ میں جو بھی نمبر آ جائے۔ بڑے چھوٹے سے اس کا کیا تعلق؟"

"پھر بھی۔"

"پھر بیچ کیا ابو۔۔۔؟ وہ پانسہ ڈالیں تو ان کی گوٹ بھی آگے بڑھاؤ، اس کا بھی خیال رکھو کہ ان کی گوٹ نہ پٹنے پائے، اس پر بھی ہار جائیں تو منھ پھلا کر بیٹھ جاتے ہیں۔"

سچ پوچھیے تو فوزیہ کی دلیل میں وزن تھا اور میں سوچ ہی رہا تھا کہ کیا جواب دوں کہ اتنے میں سیف میاں دوسرے کمرہ سے آ گئے۔ ان کی آنکھوں میں آنسو تھے جو مجھے دیکھتے ہی بہہ نکلے۔

"ابو دیکھیے گڑیا ہمارے ساتھ کھیلتی نہیں۔" یہ کہہ کر سیف جو ہمیشہ فوزیہ کو گڑیا ہی کہتے تھے، بھوں بھوں رونے لگے۔ فوزیہ نے جب دلیل کو آنسوؤں سے ہارتے دیکھا تو وہ

بھی رونے لگی۔

تھوڑی دیر بعد تینوں بھائی بہن پھر ایک جگہ مل جل کر کھیلنے لگے۔ کھڑکی سے جھانک کر میں نے دیکھا تو آنگن کی دوسری طرف باورچی خانہ کے پاس دالان میں ان کھلونوں کی، جو امتحانات ختم ہونے کے بعد دوبارہ بچوں کے قبضے میں آ گئے تھے، بارات سجی تھی۔ چھوٹی چھوٹی اینٹوں کا چولہا بنایا گیا تھا جس پر ایک چھوٹی سی پتیلی میں کھانا پک رہا تھا۔ سامنے گڈے گڑیوں کا صوفہ سیٹ سجا تھا۔ بیچ میں ایک چھوٹی سی میز رکھی تھی۔ صوفوں پر آمنے سامنے گڈے گڑیا بیٹھے تھے۔ ان کے سامنے میز پر ٹین کی پھول دار رنگین پلیٹیں رکھی تھیں، جن میں بسکٹ اور لکڑی کے چھوٹے چھوٹے ٹکڑے رکھے تھے۔ ٹین کی رنگین کیتلی اور چینی کی چھوٹی چھوٹی پیالیاں، طشتریاں قرینے سے میز پر سجی تھیں۔ فوزیہ نے پتیلی پر سے طشتری اٹھا کر چمچے سے ایک آلو نکالا اور اسے انگوٹھے اور شہادت کی انگلی سے دبا کر دیکھا اور بولی، "ابھی تھوڑی کسر ہے۔" تو شگوفہ نے گڈے گڑیا کی طرف دیکھ کر کہا: "ابھی کھانے میں تھوڑی دیر ہے، آپ لوگ جب تک ناشتہ کیجیے۔"

میں اپنی ہنسی بہ مشکل ہی ضبط کر سکا۔ وہ اپنے کھیل میں اس طرح کھوئے ہوئے تھے کہ انہیں اس بات کا اندازہ بھی نہ ہو سکا کہ میں انھیں دیکھ رہا ہوں، ورنہ فوزیہ وہیں سے کہتی، "ابو اللہ، آپ اندر جائیے۔ دیکھیے ہم تو آپ کا کھیل نہیں دیکھتے ہیں۔"

میں مطمئن ہو کر کمرے میں چلا آیا۔ بیوی کسی عزیزہ کے یہاں گئی ہوئی تھیں، جو یکایک شدید بیمار ہو گئی تھیں۔ اس گھر میں دو بچوں کے خسرہ نکلا تھا۔ اس لیے تینوں بچوں کو گھر پر ہی چھوڑ گئی تھیں۔ ان عزیزہ کا گھر کافی فاصلہ پر تھا۔ آنے جانے میں تین چار گھنٹے تو لگیں گے ہی۔۔۔ میرے لیے تینوں بچوں کی دیکھ بھال کا یہ پہلا تجربہ تھا، اس لیے شروع میں تو کچھ گھبرایا تھا کچھ الجھا بھی تھا لیکن اب ایسا لگ رہا تھا کہ میری پریشانی بلا سبب

تھی۔ ویسے بھی اب بیوی کو گئے ہوئے تقریباً تین گھنٹے ہو گئے تھے اور اب وہ واپس آتی ہی ہوں گی۔ یہ سوچ کر میں نے پلنگ پر دراز ہو کر اخبار پڑھنا شروع کر دیا۔ ابھی میں بہ مشکل دو تین خبریں ہی پڑھ سکا تھا کہ سیف میاں روتے ہوئے آئے۔

"ابو گڑیا آپا بڑی خراب ہیں۔ اپنی گڑیا کو دو دو پیالیاں چائے پلاتی ہیں اور میں نے کہا، میرے گڈے کو بھی ایک پیالی بنا دو تو بولیں، جانتے ہو شکر کتنی مہنگی ہے۔ آپ تو کل کہہ رہے تھے کہ شکر سستی ہو گئی ہے۔" میں ہنسی بڑی مشکل سے روک سکا۔ پھر میں نے فوزیہ کو آواز دی۔

"فوزیہ!"

"جی ابو۔"

"سنو!"

"آئی" کہتی ہوئی وہ آبراجی۔

"کیوں جی۔ تم سیف کے گڈے کے لیے چائے کی دوسری پیالی کیوں نہیں بنا دیتیں؟"

"ابو آپ جانتے نہیں۔ یہ بڑے حضرت ہیں، پہلے بولے ہمارا گڈا ککڑی اور بسکٹ زیادہ کھائے گا، اسے بھوک لگی ہے، تم اپنی گڑیا کو دو پیالی چائے پلا دینا۔ میں نے بسکٹ اور ککڑی کا چھوٹا سا ایک ٹکڑا اپنی گڑیا کو دیا اور باقی سب ان کے گڈے کو دے دیا۔ اب چائے بھی دوسری پیالی مانگ رہے ہیں۔"

"لیکن گڈے گڑیا تو کچھ کھاتے نہیں۔ وہ بسکٹ اور ککڑی ہوئے کیا؟"

"ہوئے کیا؟ خود کھا گئے۔" فوزیہ بولی۔

"اور تم نے نہیں دو دو پیالی چائے پی لی۔۔۔ اور بسکٹ ککڑی بھی تو کھایا تھا تم

نے۔۔۔" سیف رونے لگا۔اسی لمحہ شگوفہ ایک ہاتھ میں کھلونے والی طشتری، پیالی اور دوسرے میں بسکٹ اور ککڑی کے دو چھوٹے چھوٹے ٹکڑے لیے کمرے میں داخل ہوئی۔ وہ اس طرح سنبھل سنبھل کر چل رہی تھی کہ اگر ذرا بھی تیزی سے چلتی تو چائے کی پیالی چھلک جائے گی۔

"ابو یہ آپ کا حصہ ہے۔" اس نے دھیرے سے کہا اور نہایت آہستگی سے پیالی اور طشتری تخت پر رکھ کر چھوٹے سے ٹین کے چمچے سے پیالی میں، جو بالکل خالی تھی، شکر چلانے لگی۔ "بھئی اس میں تو چائے ہے ہی نہیں۔" میں نے کہا۔

"جھوٹ موٹ۔" کہہ کر اس نے پیالی میرے مونہہ سے لگا دی۔

"بڑے مزے کی ہے۔" میں نے کہا تو فوزیہ بھی مسکرا دی۔ لیکن مجھے اپنی طرف دیکھ کر اس نے منہ دوسری طرف کر لیا۔ سیف میاں اب بھی روہانسے تھے۔

اصل میں یہ لوگ صبح سے کھیلتے کھیلتے تھک چکے تھے۔ آخر کھیلنے کی بھی ایک حد ہوتی ہے۔ اسکولوں میں گرمیوں کی چھٹیاں شروع ہوئے پندرہ بیس دن ہو چکے تھے۔ پہلے چھ سات دن تو ان لوگوں نے چھٹیوں کے خوب مزے لیے۔ رنگ برنگی تصویروں کی ہندی، اردو اور انگریزی کی جو بہت سی کتابیں میں نے ان دونوں کے لیے اکٹھا کی تھیں دو دو نہیں، چار چار بار پڑھ ڈالا۔ پھر کئی دن لڑے جھگڑے بغیر کھیلتے رہے۔ اب کئی دن سے وہ حساب لگا رہے تھے کہ اسکول کھلنے میں کتنے دن باقی ہیں، اور ہر کھیل کا خاتمہ بھی لڑائی پر ہونے لگا تھا۔ ایک دم مجھے خیال آیا کہ پاس والے مکان کی بچی نازو کئی دنوں سے نظر نہیں آئی اور یہ لوگ بھی اس کے یہاں نہیں گئے۔ میں نے کہا، "اب تم لوگ نازو کے ساتھ نہیں کھیلتے؟"

"جب سے جھگڑا ہوا ہے اس کی دادی اسے آنے ہی نہیں دیتیں ہمارے یہاں۔"

فوزیہ نے کہا۔

"تو تم لوگ چلے جایا کرو۔"

"امی نے منع کر دیا ہے۔"

خالی چرخی، ہاتھ میں تھی اور پتنگ آسمان پر۔۔۔ میری سمجھ میں کچھ نہ آیا تو میں نے کہا، "اچھا اب تم لوگ سو جاؤ۔"

"امی کب آئیں گی؟" شگوفہ نے پوچھا۔

"اب آتی ہی ہوں گی۔" میں نے تسلی دی۔

"جب آئیں گی تب سو جائیں گے مزے سے۔"

"نہیں۔۔۔" میں نے "نہیں" کی "ی" کو ذرا کھینچ کر مصنوعی غصے سے کہا، "بس اب لیٹ جاؤ۔ لو چلنے لگی ہے۔۔۔ اب دالان میں کوئی نہیں کھیلے گا۔" میرے بدلے ہوئے تیور دیکھ کر تینوں کمرے میں لیٹ گئے۔ فوزیہ اور سیف تخت پر اور شگوفہ میرے پاس مسہری پر۔

"آنکھیں بند۔" میں نے کہا تو تینوں بچوں نے آنکھیں بند کر لیں اور میں پھر اخبار پڑھنے لگا۔ تھوڑی دیر بعد کھسر پھسر کی آواز سن کر میں نے اخبار آنکھوں کے سامنے سے ہٹایا تو فوزیہ اور سیف شرارت بھری نظروں سے میری طرف دیکھ رہے تھے۔

"سو جاؤ۔۔۔" میں نے ذرا سختی سے کہا۔ دونوں نے خوب کس کر آنکھیں بند کر لیں۔ مگر شریر مسکراہٹ اب بھی ان کے چہروں پر کھیل رہی تھی۔ میں پھر اخبار پڑھنے لگا۔ اور نہ جانے کب میری آنکھ لگ گئی۔ تھوڑی دیر بعد میری آنکھ کھلی تو تخت خالی تھا، مسہری پر شگوفہ بھی نہ تھی۔ میں کچھ دیر تک خاموش بستر پر لیٹا رہا، شاید اس انتظار میں کہ کسی کی آواز سنائی دے تو بلاؤں لیکن نہ کسی کی آواز سنائی دی نہ یہ اندازہ ہی ہوا کہ

کہاں ہیں۔ میں نہایت خاموشی سے بستر سے اٹھا۔ سامنے والا دالان خالی تھا۔ کھلونے صوفہ سیٹ سب اسی طرح سجے تھے۔ اب مجھے ذرا تشویش ہوئی لیکن صدر دروازہ اندر سے بند دیکھ کر میری تشویش کم ہوئی۔ دوسرے کمرے کا دروازہ بند تھا۔ میں نے دراز سے جھانکا، تینوں بچے کمرے میں موجود تھے۔

شگوفہ فرش پر دراز تھی۔ اس کا کرتا اوپر تک اٹھا ہوا تھا اور پیٹ پر پٹی بندھی تھی جس سے خون کی چھینٹیں جھانک رہی تھیں۔ میں گھبرا گیا۔ لیکن پاس والی میز پر لال روشنائی کی دوات الٹی پڑی اور میز پوش اس سے تربتر دیکھ کر میری گھبراہٹ تو دور ہوگئی ،تاہم معاملہ کیا ہے یہ میری سمجھ میں نہ آیا۔ شگوفہ کے پاس ہی ترکاری کاٹنے والی چھری ایک پھٹے سے کپڑے پر رکھی ہوئی تھی۔ کپڑا جگہ جگہ سے سرخ ہو گیا تھا۔ سیف لکڑی کی ایک کھپچی جس کے ایک سرے پر کپڑا لپٹا ہوا تھا، ہاتھ میں پکڑے کھڑا تھا۔ اور فوزیہ سے کہہ رہا تھا۔ "مٹی کا تیل تو اسٹوو میں ہے اور اسٹوو مل نہیں رہا ہے۔"

"وہیں کہیں ہوگا۔ کچن میں الماری کے نیچے دیکھو۔"

"اچھا کہہ کر کر سیف نے دروازہ کھولا تو مجھے دیکھ کر پہلے تو کچھ حیران سے ہوئے پھر مسکرائے اور فوراً ہی کمرے میں لوٹ گیا۔ میں کمرے میں داخل ہو گیا۔ مجھے دیکھ کر شگوفہ بھی فرش پر سے اٹھ کھڑی ہوئی۔"

"یہ کیا ہو رہا ہے؟" میں نے پوچھا۔

فوزیہ نے میری طرف دیکھا اور پلک جھپکائے بغیر بولی، "ہم لوگ شیعہ سنی لڑائی کا کھیل کھیل رہے ہیں۔"

***

۵
نوحہ گر

رومی دروازے کے زینے پر چڑھتے ہوئے دونوں نے ایک دوسرے کی طرف مسکرا کر دیکھا۔ اس طرح ایک دوسرے کا ہاتھ تھامے ساتھ ساتھ چلنے کا یہ ان کا پہلا موقع تھا۔ دونوں نے ایک بار پھر ایک دوسرے کی طرف دیکھا۔

چند روز قبل اس نے بڑی ہمت کر کے رخشندہ کے سامنے شادی کی تجویز رکھی تھی اور اس نے سوچ کر جواب دینے کا وعدہ کیا تھا، کل اس نے گھنٹہ دو گھنٹہ کہیں تنہائی میں بیٹھ کر باتیں کرنے پر آمادگی کا اظہار کیا تھا اور آج وہ دونوں یہاں چلے آئے تھے۔ ان گزشتہ چوبیس گھنٹوں میں اس کے ذہن میں نہ جانے کیسے کیسے خیالات آئے تھے، نہ جانے کتنے انوکھے اور نادر جملے سوجھے تھے، لیکن اس وقت تو ایسا لگتا تھا جیسے وہ تمام باتیں اور وہ تمام خیالات ایک ایک کر کے جہاں سے آئے تھے وہیں واپس چلے گئے ہوں۔ آخر اس نے گفتگو کا سلسلہ شروع کرنے کے لیے کہا،

"اس سے پہلے کبھی یہاں آئی ہو؟"

"ہوں۔" رخشندہ زینے پر چڑھتے چڑھتے رک گئی اور بولی، "ایک بار آئی ہوں۔ امی، باجی دولہا بھائی، اور بہت سے بچے کچے ساتھ تھے لیکن۔"

"لیکن کیا؟"

"لیکن یہ کہ آج ایسا لگتا ہے جیسے پہلی ہی بار آئی ہوں۔"

"کیوں؟" اجمل نے محض سلسلہ گفتگو جاری رکھنے کے لیے پوچھا۔

"آیا کرو ادھر بھی۔۔۔" گنگناتے ہوئے ایک صاحب تیزی سے ان کے پاس سے گزر گئے۔ وہ ان دونوں کی طرف دیکھ کر مسکرائے بھی۔ اجمل نے ان کی طرف گھور کر دیکھا۔ رخشندہ نے اجمل کا موڈ خراب ہوتے دیکھا تو بولی، "خواہ مخواہ بور ہونے کی ضرورت نہیں ہے۔ اچھا بتایئے آپ اس کی جگہ ہوتے تو کیا کرتے؟ ہم لوگ اس جگہ گھنٹہ بھر سے کھڑے ہوئے باتیں کر رہے ہیں، بھلا کوئی تک ہے۔"

بعد میں تیسری منزل کے ایک جھروکے میں بیٹھے بیٹھے دونوں نے گھنٹہ ڈیڑھ گھنٹہ گزار دیا۔ ایک ہی طرح کی باتیں نہ جانے کب تک کرتے رہے۔ رخشندہ اجمل کی باتیں اس محویت سے سن رہی تھی کہ اسے ہوش بھی نہ رہا کہ کب اجمل نے اپنے کوٹ کے کالر سے پن نکال کر دیوار پر اس کا پورا نام کھود دیا۔ رخشندہ پروین۔ اور جب رخشندہ نے، جو اس دوران گردن جھکائے ادھر اُدھر کی باتیں کیے جا رہی تھی، گردن اٹھائی اور اس کی نظر اپنے نام پر پڑی تو بولی، "یہ آپ نے کیا کیا۔ یونیورسٹی کا کوئی لڑکا دیکھے گا تو فوراً سمجھ جائے گا کہ میں یہاں آئی تھی۔"

"جی ہاں ضرور سمجھ جائے گا۔ اجمل نے رخشندہ کے "خ" کو ذرا اور گہرا کرتے ہوئے کہا، اس لمبی چوڑی دنیا میں آپ ہی تو ایک رخشندہ پروین ہیں۔ ارے اس نام کی نہ جانے کتنی لڑکیاں ہوں گی۔"

"پھر بھی۔۔۔ مٹا دیجیے نا۔"

"لیکن مجھ سے تو یہ نہ ہو سکے گا۔"

"اچھا لایئے تو میں مٹا دوں۔" یہ کہہ کر رخشندہ نے اس کے ہاتھ سے پن لے لیا، اور پھر دھیرے دھیرے اپنا نام کھرچنے لگی۔ اجمل کچھ دیر تو اسے خاموشی سے دیکھتا رہا،

پھر بولا، "میں نے تو اتنی محنت سے لکھا تھا، اور تم نے۔۔۔"

"بات یہ ہے۔۔۔" رخشندہ نے، جس کے ہاتھ پر اپنا نام مٹانے سے سفیدی کے چھوٹے چھوٹے ذرے پڑ گئے تھے، اپنے دونوں ہاتھ جھاڑتے ہوئے کہا، "بات یہ ہے کہ مجھے دوسروں کی محنت سے فائدہ اٹھاتے ذرا کم ہی اچھا لگتا ہے۔ میں تو آرام کی زندگی سے تھک گئی ہوں۔ گھر پر تھی تو امی اٹھ کے پانی نہ پینے دیتی تھیں، جب سے ہوسٹل میں آئی ہوں، اپنے ہاتھ سے کام کرنے کا موقع مل جاتا ہے۔ آزادی کا سانس لے پاتی ہوں۔"

اجمل جو اب تک نہایت اعتماد کے ساتھ اس کے پاس بیٹھا ہوا تھا، خود اپنی ہی نظروں میں پہلے کے مقابلہ میں ذرا کم وقعت ہو گیا۔ نائلون کا یہ پتلون جو اس نے دو مہینے کے ٹیوشن سے بنوایا تھا اب اتنا چمکدار نہ رہ گیا تھا۔ اس نے ابھی تھوڑی دیر قبل سوچا تھا کہ آج اپنی زندگی کے مستقبل کے بارے میں رخشندہ کا آخری فیصلہ معلوم کر لے گا، لیکن رخشندہ اور اس کی سماجی حیثیت کے فرق کے یکایک اظہار نے جیسے اس سے قوتِ گویائی چھین لی، اس نے سوچا کہ کسی نہ کسی طرح اپنے دل کی بات زبان پر لے آئے، لیکن زبان نے ساتھ نہ دیا اور اس نے اپنی گھبراہٹ چھپانے کے لیے کہا۔

"ہاں رخشی، تو اس آزادی کو کس طرح استعمال کرنے کا ارادہ ہے؟"

تخاطب کا انداز اور نام کی اس تبدیلی پر وہ کسی قدر چونکی، لیکن اس حیرت میں خفگی کا کوئی عنصر نہ تھا بلکہ اجنبیت کی دیواروں کا ٹوٹنا اسے کچھ اچھا ہی لگا۔ اس احساس نے اسے اس قدر اپنی گرفت میں لے لیا تھا کہ اسے یہ بھی نہ یاد رہا کہ اجمل نے پوچھا کیا تھا۔ وہ اس خود فراموشی کو چھپانے کی کوشش کر رہی تھی کہ اجمل نے اس کی مشکل آسان کر دی۔

"میں نے پوچھا تھا۔۔۔"

لیکن قبل اس کے کہ وہ اپنا جملہ پورا کر پاتا، بائیں طرف کی اوپری برجی سے ایک

قہقہہ سنائی دیا اور اس کے ساتھ ہی ساتھ دو نوجوان بر آمد ہوئے۔ وہ دونوں ذرا ہٹ کر ایک جھروکے کے قریب کھڑے ہو گئے۔ ان میں سے ایک نے دوسرے کو دیوار کی طرف اشارہ کرتے کچھ دکھایا۔ دونوں کچھ دیر وہیں کھڑے کھڑے باتیں کرتے رہے، پھر قہقہے لگاتے ہوئے چلے گئے۔

"ذرا چلیے تو، دیکھیں۔" رخشندہ نے غیر ارادی طور پر پہلی بار اجمل کا ہاتھ پکڑ کر اسے اٹھاتے ہوئے کہا، "دیکھیں وہاں کیا لکھا ہے۔"

اجمل اپنی جگہ سے ذرا بھی نہ کھسکا۔ اس نے رخشندہ کو بٹھاتے ہوئے کہا، "کہو تو میں یہیں بیٹھے بیٹھے بتا دوں، وہاں جانے کی کیا ضرورت ہے؟"

"اچھا بتائیے، اور اگر غلط ہوا تو؟"

"جو چور کی سزا وہ میری سزا۔"

"نہیں یہ نہیں، کوئی اور سزا۔"

"کیوں، کیا یہ سزا کم ہے؟"

"نہیں۔" رخشندہ نے کہا۔ "بات یہ ہے کہ میں چور کو معاف کر دیتی ہوں۔ گرمیوں کی چھٹی میں گھر گئی تھی تو آپا کے لڑکے نے میرے ٹاپس غائب کر دیے۔ مجھے بالکل یقین ہے کہ یہ کام اسی کا تھا، لیکن میں نے اس کا کسی سے ذکر بھی نہیں کیا۔ امی سے بہانہ بنا دیا کہ ہوسٹل میں کہیں کھو گئے تھے۔ امی نے دوسرے بنوا دیے۔"

اجمل نے رخشندہ کے ٹاپس ذرا توجہ سے دیکھے، ان کے بیچ میں زمرد چمک رہا تھا۔ پھر اس نے ہاتھ کی قیمتی گھڑی اور سونے کی انگوٹھی دیکھی اور پھر اپنے کپڑوں اور جوتوں کی طرف دیکھا، لیکن رخشندہ اس کی یہ گھبراہٹ بھانپ نہ سکی اور بولی، "اس طرح چور کی سزا سے تو آپ صاف بچ جائیے گا۔"

"اچھا تو پھر جو سزا چاہو۔۔۔" اجمل نے اپنی گھبراہٹ چھپانے کے لیے جلدی سے کہا۔

"سزائیں دوں گی، لیکن ابھی سے بتاؤں گی نہیں۔ منظور!"

"منظور۔"

"اچھا تو ذرا یہ بتائیے کہ وہاں کیا لکھا ہے؟"

"ہاں بھئی نام وام تو بتانے سے رہا۔" اجمل نے شعوری طور پر غیر رسمی انداز اختیار کیا۔ "ان دونوں میں سے کوئی ایک کبھی اپنی منظور نظر کے ساتھ یہاں آیا ہوگا، اور اپنی خواہش لکھ گیا ہوگا۔ ان دونوں کی مسکراہٹوں اور قہقہوں سے تو یہی اندازہ ہوتا ہے کہ ان کی خواہشیں پوری ہوگئی ہیں۔"

"اچھا دیکھا جائے۔" رخشندہ نے کہا اور دونوں اٹھ کھڑے ہوئے۔

اجمل کا اندازہ ٹھیک ہی تھا۔ اس جگہ دو عبارتیں لکھی تھیں۔ ایک میں خواہش کا اظہار تھا اور دوسری میں اس کی تکمیل کا، پہلی والی تحریر کسی قدر دھندلی اور مٹی ہوئی تھی جس سے یہ اندازہ کیا جا سکتا تھا کہ شاید دو ایک سال پہلے ہی کی بات ہے۔ اس کے پاس ہی کسی نے موٹے موٹے حرفوں میں کئی جگہوں پر "سکینہ سکینہ" لکھ رکھا تھا۔ دونوں کو تشہیر کی یہ ادا پسند نہ آئی اور وہ آگے بڑھ گئے۔

ایک جگہ لکھا تھا۔۔۔

سیہ بختی میں کب کوئی کسی کا ساتھ دیتا ہے

کہ تاریکی میں سایہ بھی جدا انساں سے رہتا ہے

اس کے بالکل پاس ہی کسی نے لکھا تھا، "رشیدہ کبھی ہم میں تم میں بھی پیار تھا، تمہیں یاد ہو کہ نہ یاد ہو۔" نیچے لکھا تھا، "شہاب۔" شعر کے اوپر ایک ہی جگہ الگ الگ

تحریروں میں لکھا ہوا تھا، "شہاب، رشیدہ۔"

"کہیے بوجھ بجھکڑ صاحب، ان کے بارے میں آپ کا کیا خیال ہے؟" رخشندہ مسکرائی۔

"بھئی یہ تو۔۔۔ ٹریجڈی ہے ٹریجڈی۔"

"کیا آپ اس ٹریجڈی پر کچھ روشنی ڈالیں گے؟" رخشندہ نے یہ بات کچھ اس انداز سے کہی گویا وہ کوئی نہایت سنجیدہ بات کہہ رہی ہو، لیکن پھر فوراً ہی اسے اپنے اس مصنوعی انداز گفتگو پر ہنسی آگئی۔ اجمل نے بظاہر نہایت سنجیدگی سے جواب دیا، "روشنی کیا ڈالوں، اندھیروں کی بات ہے۔ ایسا لگتا ہے، محبت کے خواب ناامیدی کے چٹان سے ٹکرا کر پاش پاش ہو گئے۔ خود تو محترمہ کہیں چین کی بنسی بجا رہی ہوں گی اور یہاں یہ حضرت اب تک اس غم کو سینے سے لگائے بیٹھے ہیں۔"

رخشندہ نے اسے عورت ذات پر حملہ تصور کیا اور بولی، "بڑا تیر مار رہے ہیں، دیواروں پر اس غریب کا نام لکھ لکھ کر خوب اپنا اور اس کا نام روشن کر رہے ہیں۔ نہ جانے بے چاری کن حالات میں بیاہ دی گئی ہوگی۔"

اجمل کے وہم و گمان میں بھی نہ تھا کہ رخشندہ اس بات کو اتنی دور تک لے جائے گی۔ اس نے سوچا بھی نہ تھا کہ یہ بات اس کے لیے تکلیف کا سبب بن سکتی ہے، وہ بولا، "میں نے تو یونہی کہہ دیا تھا۔ میرا مطلب یہ تھوڑی ہی تھا کہ ان حضرت سے وعدہ وعید کر کے اس نے خوشی خوشی شادی رچالی ہوگی۔" رخشندہ اس کے جواب سے کچھ خجل ہوگئی۔ اصل میں اجمل کو اس طرح شرمندہ کر کے وہ خود پریشان سی ہوگئی تھی۔ اس نے بات کا رخ بدلا اور بولی، "میرا مطلب یہ تھوڑی تھا، میں تو صرف یہ کہہ رہی تھی کہ لوگ ایسی باتیں کچھ لکھتے ہی کیوں ہیں۔ محبت کی یہ تشہیر۔۔۔"

"تشہر نہیں۔" اجمل نے کہا۔ "وقت کے سمندر میں سے ایک قطرہ نکال کر اسے منجمد کر لینے کا یہ بھی ایک طریقہ ہے۔"

"کیوں کیا وقت کے سمندر میں لہریں اس قدر تیز ہوتی ہیں کہ اس قطرے کو ذہن کے کسی گوشے میں محفوظ نہیں کیا جا سکتا۔ اب یہی دیکھو، یہ حضرت تو یہاں ایسے آئے ہوں گے جیسے کوئی اپنے کسی عزیز کی قبر پر جاتا ہے، ہار پھول لے کر۔ اور پھر دو منٹ کے غم کے بعد خوش خوش واپس چلا آتا ہے۔ کسی کی یاد کا چراغ مکان کے باہر کی محراب میں جلانے سے اچھا تو یہ ہے کہ کوٹھری کے طاق میں جلایا جائے۔ وہاں اس کی روشنی میں کوئی اور شریک تو نہ ہو گا۔" رخشندہ غیر ارادی طور پر "آپ" اور "دیکھیے" ترک کر کے "تم" اور "دیکھو" پر اتر آئی تھی۔ "اگر ان حضرات نے یہ سب کچھ یہاں نہ لکھا ہوتا تو ہم ان کی دنیا میں کیوں دخل دیتے۔ میں تو اپنے محبت کے شمشان کی آگ سے کسی کو ہاتھ نہ تاپنے دوں گی۔" رخشندہ نے اپنا جملہ ختم کیا، تو وہ بے حد سنجیدہ نظر آ رہی تھی۔ اجمل بھی خاصا پریشان ہو گیا تھا۔ بات کہاں سے شروع ہوتی ہے اور کہاں جا پہنچتی ہے۔ اس نے سوچا۔

"کیا بات ہے رخشی، تم خواہ مخواہ ذرا سی بات پر اداس ہو جاتی ہو۔"

"میں اداس کہاں ہوں؟" رخشندہ نے مسکرانے کی کوشش کرتے ہوئے کہا اور داہنی محراب کی طرف جو ہوا اور بارش کی زد سے محفوظ رہنے کی وجہ سے اب بھی سفید تھی، اشارہ کر کے بولی، "دیکھیے وہاں شاید آج ہی کل میں کسی نے کچھ لکھا ہے۔"

پینسل کی تحریر صاف نظر آ رہی تھی۔ دونوں چند قدم چل کر اس جگہ پہنچے۔ تو وہاں لکھا تھا، "ہم دونوں دو سال قبل یہاں آئے تھے۔ یہی دن تھے، اب ہم ایک ہو چکے ہیں تو اس عہد کو دہراتے ہیں کہ ایک دوسرے کا ساتھ کبھی نہ چھوڑیں گے۔" اس کے آگے نہ

کوئی نام تھا نہ پتہ۔

رخشندہ جو تھوڑی دیر قبل محبت کے ببانگ دہل اعلانوں سے چڑ سی گئی تھی یکایک جیسے کھل اٹھی۔ "یہ ادا مجھے پسند آئی۔" اس نے اجمل کی طرف دیکھا۔ "ٹھیک ہی تو ہے، اس طرح اپنے دل کی بات لکھ دینے میں تو کوئی حرج نظر نہیں آتا، ہم دونوں بھی کیوں نہ اپنی اپنی خواہشیں یہیں لکھ دیں۔"

"اپنی اپنی خواہشیں۔" اجمل نے "اپنی اپنی" پر زور دے کر کہا۔

"ہوں۔"

اجمل نے رخشندہ کی طرف دیکھا، اور آہستہ سے بولا، "کیا ہماری خواہشیں الگ الگ ہیں؟"

رخشندہ جو پہلے اجمل کے اشارے کو نہ سمجھ سکی تھی، بولی، "یہ میں نے کب کہا تھا۔ اچھا یہ بتایئے کیا لکھا جائے؟"

دونوں تھوڑی دیر تک اس تاریخی عمارت میں اپنے ساتھ ساتھ آنے کی یاد کے طور پر لکھنے کے لیے کوئی مناسب جملہ سوچتے رہے، کوئی جملہ اجمل سوچ کے بتاتا تو رخشندہ اسے مسترد کر دیتی، لیکن یہ ضرور کہتی کہ اس سے اچھی بات ممکن ہے۔ اسی طرح رخشندہ کوئی جملہ چنتی تو اجمل کہتا، اس سے اچھا تو میرا ہی خیال تھا۔ آخر طے ہوا کہ دونوں اپنے اپنے ناموں کے پہلے حروف لکھ کر تاریخ ڈال دیں۔

"لیکن یہاں نہیں۔ یہاں تو کوئی بھی جگہ خالی نہیں ہے، کسی ایسی جگہ لکھیں جہاں اس سے پہلے کسی نے کچھ نہ لکھا ہو۔" رخشندہ ہمیشہ سے جدت پسند تھی۔

دوسری منزل کی ان محرابوں اور دیواروں کا شاید ہی کوئی حصہ ایسا ہو جہاں کسی نے کچھ نہ لکھا ہو۔ رخشندہ اور اجمل کسی مناسب جگہ کی تلاش میں دیواروں پر لکھی ہوئی

تحریریں اور جملے پڑھتے اور انہیں اپنے تبصرے کا موضوع بناتے رہتے۔ ایک جگہ کسی صاحب نے لکھا تھا،

"خاقان ابن خاقان، سلطان ابن سلطان والا جاہ ۱۳ جولائی ۱۹۵۶ء کو یہاں تشریف لائے۔"

"خدا کرے آپ آئندہ یہاں کبھی تشریف نہ لائیں۔" رخشندہ نے کہا اور دونوں مسکرا دیے۔

ایک دوسری محراب پر لکھا تھا، "سب جانیں کہ ہمارا نام قیصر حسین ہے۔"

کسی صاحب نے لکھا تھا۔۔۔

ہم شمع وفا کے پروانے کب جان کی پروا کرتے ہیں
جو آگ لگائی تھی تم نے اس آگ سے کھیلا کرتے ہیں

اسی طرح وہ دونوں دیواروں پر لکھی ہوئی عبارتوں کو پڑھتے اور ان پر تبصرے کرتے رہے لیکن انھیں ایسی کوئی جگہ نظر نہ آئی جہاں پہلے سے کسی نے خامہ فرسائی نہ کر رکھی ہو۔ آخر دونوں ایک محراب کے پاس رک گئے۔ اس پر زیادہ لوگوں نے اپنے نام اور خواہشیں نہیں لکھی تھیں۔ دونوں تھوڑی دیر ان تحریروں کو پڑھتے رہے، ایک صاحب نے، جو شاید مدراس سے محض سیر و تفریح کے لیے آئے تھے، اپنا اور شہر کا نام لکھ کر تاریخ ڈال دی تھی اور پاس ہی ذرا اونچائی پر لکھا تھا، "خوی کو کر بلند اتنا۔۔۔"

"ان صاحب کا شاید یہ مطلب ہے کہ خودی کو کم سے کم اتنا بلند تو کریں جتنی بلندی پر یہ شعر لکھا ہے۔" اجمل نے کہا اور رخشندہ مسکرائے بغیر نہ رہ سکی۔

یہ دونوں جس جگہ کھڑے تھے اس کے سامنے ہی ایک طرف لکھا تھا، "میں اس سال بی۔ اے۔ کر کے کوئی چھوٹ موٹی نوکری کر لوں گا اور اس کو اپنے گھر لے آؤں

گا۔" اس تحریر کے نیچے نہ کوئی نام تھا نہ پتہ۔ ہاں تاریخ بتاتی تھی کہ یہ بات چار پانچ سال ادھر کی ضرور تھی۔ خواہش کے اظہار کا یہ انداز رخشندہ کو بڑا بھایا اور اس نے اجمل کو متوجہ کرتے ہوئے کہا، "جانے یہ صاحب اپنی منظور نظر کو حاصل کرنے کے بعد یہاں آئے بھی یا نہیں۔"

اجمل نے ایک بار پھر سامنے والے جملہ پر نظر ڈالی اور کہا، "Matter of Fact قسم کے آدمی معلوم ہوتے ہیں۔ میرے خیال میں تو شادی کے بعد انہیں یہاں آنے کا خیال بھی نہ آیا ہو گا۔"

"ہونہہ، تم تو بس۔۔۔" وہ کچھ کہتے کہتے رک گئی، پھر بولی، "ہو سکتا ہے اسے کسی اور شہر میں نوکری ملی ہو اور پھر یہاں آنے کا موقع ہی نہ ملا ہو۔"

"ممکن ہے" اجمل نے ہاں میں ہاں ملائی، "بہر حال میری چھٹی حس تو یہ کہتی ہے کہ حضرت اس وقت اپنے دوسرے بچے کو کھلا رہے ہوں گے۔"

رخشندہ شرما کر دوسری طرف دیکھنے لگی۔

اس محراب کے ایک کونے میں رخشندہ نے اجمل کے نام کا "الف" اور اجمل نے رخشندہ کے نام کا "ر" لکھ دیا اور پھر اس کے نیچے تاریخ ڈال دی۔ دونوں خاموشی سے کچھ دیر ایک دوسرے کو دیکھتے رہے، پھر اجمل نے رخشندہ کا ہاتھ تھام لیا۔

"کیوں کبھی یہاں آنا ہو گا تو اس جگہ ضرور آؤ گی نا؟"

"کیا آپ نہیں آئیں گے۔"

"میرے ساتھ آؤ گی نا؟"

رخشندہ نے کوئی جواب نہیں دیا۔ اس کی خاموشی میں انکار نہ تھا اور شاید وہ جواب بھی دے دیتی، لیکن اسی لمحے دونوں کو احساس ہوا کہ ایک اجنبی ان کے پاس کھڑا ہوا

ہے۔

کھلتا ہوا گندمی رنگ، لمبا چھریرا بدن، شیو بڑھا ہوا، خاکی قمیص اور پتلون اور پیر میں پرانی چپلیں۔ ان دونوں نے اس کا یہ حلیہ پہلی ہی نظر میں دیکھا۔ دونوں نے استعجاب اور کیا قدر ناپسندیدگی سے اس کی طرف دوسری بار دیکھا۔ اس بار انہیں اس کے کپڑوں، قد و قامت اور چہرے مہرے کے علاوہ ایک کرب اور بے چینی بھی نظر آئی۔ لیکن شاید دونوں کا شعوری رد عمل الگ الگ تھا۔ اجمل کو اس موقع پر اس کا مخل ہونا کھلا تو رخشندہ کو اس کے میلے کپڑے اور ہونق سی صورت اور اس نے آہستہ سے اجمل سے کہا،

"ماڈرن مجنوں نظر آتے ہیں، اپنی محبوبہ کا رونا رونے آئے ہوں گے۔"

نو وارد پہلے تو ان دونوں کو خاموشی سے دیکھتا رہا، پھر مڑ کر ایک محراب کے پاس کھڑے ہو کر دیوار کی کوئی تحریر پڑھنے لگا۔ چند منٹ تک تو اجمل اسے دیکھتا رہا، پھر دونوں ذرا فاصلے پر ایک دوسری محراب کے نیچے کھڑے ہو کر گومتی کی طرف دیکھنے لگے۔ ان دونوں نے نو وارد کو اس طرف جاتے دیکھ کر جہاں تھوڑی دیر قبل وہ کھڑے ہوئے تھے، دوسری طرف رخ کر لیا اور کچھ اس طرح باتیں کرنے لگے جیسے انہیں کسی تیسرے شخص کی موجودگی کا علم ہی نہ ہو۔ پھر اپنی باتوں میں یہ دونوں ایسے بھولے کہ انہیں خیال بھی نہ آیا کہ وہ شخص وہاں کب تک کھڑا رہا اور کب واپس چلا گیا۔

"تو زندگی کے سفر میں تم میرا ساتھ دو گی نا؟" اجمل نے رخشندہ کا ہاتھ اپنے ہاتھ میں لے کر پوچھا۔

"اجمل!" رخشندہ اس سے کچھ زیادہ نہ کہہ سکی۔

"کوئی بڑی سے بڑی رکاوٹ ہماری راہ میں دیوار نہ بن سکے گی؟"

"نہیں اجمل۔"

اسی طرح ایک دوسرے کے ہاتھ پکڑے پکڑے دونوں مڑے اور آہستہ آہستہ قدم بڑھانے لگے۔ دونوں اس محراب کے قریب تک گئے جہاں تھوڑی دیر قبل انہوں نے اپنے نام کے پہلے حرف لکھے تھے۔ وہ اجنبی اسی جگہ آکر کھڑا ہوا تھا۔ اجمل نے دیکھا کہ ان کے نام کے پہلے حروف کے پاس ہی ایک نئی تحریر ابھی ابھری ہے۔ پینسل سے لکھی ہوئی یہ عبارت آس پاس کی تحریروں سے بالکل الگ معلوم ہوتی تھی۔

"دیکھیں تو یہ حضرت کیا لکھ گئے ہیں؟" اجمل نے ذرا آگے جھکتے ہوئے کہا۔

رخشندہ بھی اجمل کے ساتھ یہ نئی تحریر دیکھنے لگی۔ پرانی عبارت کی جگہ پر لکھا تھا، "تم آخر کب تک اپنے وعدہ پر قائم رہتیں۔ میں پچھلے چار برسوں میں سو روپے کی نوکری تلاش نہ کر سکا کہ تمہیں اپنا لیتا۔ میری دلی مبارک باد قبول کرو، خدا کرے تم خوش و خرم رہو!"

دونوں نے خاموشی سے ایک بار پھر ایک دوسرے کو دیکھا۔ دونوں کے منہ سے ایک لفظ بھی نہ نکل سکا۔ دونوں کو خوب اچھی طرح یاد تھا کہ اپنے نام کے پہلے حروف کھودتے وقت انہوں نے آرزوؤں اور تمناؤں کی ایک کہانی دیکھی تھی، اب وہ کہانی غائب تھی۔ دونوں نے غیر ارادی طور پر ایک دوسرے کے ہاتھ چھوڑ دیے اور خاموشی سے نیچے والے زینے کی طرف بڑھنے لگے۔

***

۶

ایک محبت کی کہانی

باغ کے درختوں کو جب میں نے پہلی بار دیکھا اس وقت میں کتنے دنوں کا تھا یہ تو یاد نہیں لیکن اتنا ضرور معلوم ہے کہ میں وہاں پہلے سے تھا۔ پاس والے درخت کو اوپر تک دیکھنے کے لیے میں نے آنکھیں اوپر کی ہی تھیں کہ میرا ایک بھائی بھد سے مجھ سے ٹکرا گیا اور میں گر پڑا۔ پھر میرے باقی بہن بھائی بھی آگئے اور مجھے ایسا لگا کہ کالے کالے گولے ایک دوسرے میں گتھے جا رہے ہوں۔ شاید انہیں بھی ایسا ہی لگ رہا ہو۔ اتنے میں میری ماں آگئی اور اس نے ہم کو ایک ایک کر کے الگ کیا، منھ سے اٹھا اٹھا کر اور پھر پاس ہی ٹانگیں پھیلا کر لیٹ گئی۔ ہم سب لڑھکتے لڑھکاتے اس کے پیٹ کی طرف بڑھے، ایک دوسرے سے ٹکراتے، دھکا دیتے۔ جانے کیسے چسر چسر کی آواز کانوں میں پڑتے ہی میرا منھ میٹھے میٹھے دودھ سے بھر گیا۔ معلوم نہیں یہ آواز میرے منھ سے آرہی تھی یا میرے کسی بھائی یا بہن کی آواز تھی۔ ابھی میں نے دو چار ہی منہ مارے تھے کہ میری بہن نے دھکا دیا اور میری جگہ پر قابض ہو گئی۔ پھر نہ جانے کب مجھے نیند آگئی۔

اس وقت تو میں ٹھیک سے چل بھی نہ پاتا تھا۔ بس لڑھکتا تھا، زمین کو چھوتا ہوا۔ یہی حال میرے دوسرے بھائی بہنوں کا بھی تھا۔ لیکن اب کچھ باتیں میری سمجھ میں آنے لگی تھیں۔ مثلاً یہی کہ صبح اور شام کے وقت میری ماں کو بڑی سی رکابی میں کھانا ملتا تھا۔ ہم سب کبھی ماں کے پیر سے لپٹ جاتے اور کبھی اس کی پلیٹ تک پہنچ جاتے۔ لیکن پلیٹ

میں منھ ڈال کے ہم کو کھانا نہ آتا تھا اور جو کھانا وہ بڑے شوق سے کھاتی تھی، مجھے اس کی بو ذرا پسند نہ تھی۔ میں دھیرے دھیرے الٹے پاؤں واپس آتا۔ کبھی ماں کے پاس پہنچنے کی کوشش میں میرے پیر پلیٹ میں چلے جاتے تو ماں مجھے منہ میں داب کر ہٹا دیتی۔ پکڑتی تو دانت سے تھی، ہلکی سی چبھن بھی ہوتی، لیکن بڑا اچھا لگتا تھا۔ ایک بار تو میں بس اسی مزے کے لیے جان بوجھ کر پلیٹ میں اگلے دونوں پیر رکھ کر کھڑا ہو گیا تھا۔ ماں نے وہی کیا جو میں چاہتا تھا۔ مجھے بہت اچھا لگا تھا لیکن اس کے منہ کا کھانا میری پیٹھ اور پیٹ پر لگ گیا تھا جس سے بری سی بو آ رہی تھی۔

ان دونوں ہم لوگوں کے بس دو ہی کام تھے۔ دودھ پینا اور سو جانا یا پھر بھائی بہنوں کے ساتھ کھیلنا۔ اور کھیلنا بھی کیا تھا، بس ایک دوسرے کو دھکے دیتے یا گرانے کی کوشش کرتے اور ذرا سی دیر میں بھوکے ہو جاتے، چسر چسر دودھ پیتے اور سو رہتے۔

کبھی کبھی جانے کیسے چاروں طرف کی روشنی کم ہونے لگتی اور جب ہم دودھ پیتے پیتے سو جاتے تو ہماری ماں ایک ایک کر کے ہمیں اپنے منھ سے ہٹا کر ایک چھپر کے اندر پیال پر لٹا دیتی، نیند میں بھی مجھے اس کے دانتوں کی معمولی سی چبھن اور منھ کے گوشت کی نرمی بہت اچھی لگتی۔ جب آنکھ کھلتی تو ملگجی ملگجی روشنی چاروں طرف پھیلی ہوتی جو دھیرے دھیرے بڑھتی جاتی۔ اس کے بعد پھر وہی چکر چلتا۔ دودھ پینا، تھوڑی بہت اچھل کود کرنا، پھر دودھ پینا اور سو جانا۔

کیسے مزے کے دن تھے وہ بھی۔

ایک دن ہم لوگ اسی طرح کھیل رہے تھے اور ماں تھوڑی دور لیٹی ہمیں بس دیکھے جا رہی تھی کہ ایک دم کھڑی ہو گئی اور زور سے بھونکنے لگی۔ میں تو ڈر ہی گیا اور میرے سارے بھائی بہن اپنی لڑھکنیاں بھول کر ایک دوسرے پر ڈھیر ہو گئے۔ میں تو تھر تھر

کانپ رہا تھا۔ شاید میرے بھائی بہن بھی کانپ رہے تھے کیونکہ کبھی ہمارے بدن ایک دوسرے سے ٹکراتے اور کبھی الگ ہو جاتے۔ ماں اتنے زور سے بھونک سکتی ہے یہ مجھے معلوم ہی نہ تھا۔ میں نے دھیرے دھیرے سر اٹھا کر دیکھا تو کالی کالی سی چیز اوپر اڑ رہی تھی۔ ماں منھ اوپر کیے اس وقت تک غراتی رہی جب تک وہ اڑتا ہوا دھبا بھاگ نہ گیا۔ اس کے بعد وہ ہمارے پاس آکر لیٹ گئی۔ لیکن تھوڑی تھوڑی دیر بعد وہ سر اٹھا کر اوپر کی طرف ضرور دیکھ لیتی تھی۔ میرے بھائی بہن تو اس کے پیٹ سے چپکے ہوئے تھے اور میں ڈر کے مارے اس کی پچھلی ٹانگوں کے بیچ گھس گیا تھا۔ ایسا پہلی بار ہوا تھا۔ مجھے اس کی رانوں کے گوشت کی گرمی بہت اچھی لگی تھی۔

اس طرح کھیلتے، دودھ پیتے اور سوتے کئی بار اندھیرا چھایا اور کئی بار روشنی پھیلی۔

ایک دن دو لڑکے میرے مکان کے باہر آکر کھڑے ہو گئے اور کچھ دیر تک بات چیت کرتے رہے۔ ان میں سے ایک کو تو میں کچھ کچھ جانتا تھا۔ کبھی کبھی وہ میری ماں کے پاس بیٹھ کر اس کی پیٹھ پر ہاتھ پھیرا کرتا تھا۔ ایک آدھ بار کھانا لے کر وہ بھی آیا تھا۔ لیکن یہ دوسرا لڑکا میرے لیے بالکل نیا تھا۔ جب پہلے والے نے مجھے اٹھا کر اس کے ہاتھ میں دیا تو میری ماں غرائی لیکن بس دھیرے دھیرے۔ تھوڑی دیر بعد دونوں آم کے درختوں کے بیچ سے چلتے ہوئے سڑک پر آگئے۔ وہ لڑکا جو تھوڑی دیر پہلے آیا تھا، مجھے ایک ہاتھ میں اپنے سینے کے پاس پکڑے ہوئے تھا اور دوسرے ہاتھ سے برابر میرا سر سہلا رہا تھا۔ مجھے اپنے بھائی بہن اور ماں کی یاد تو آرہی تھی لیکن اس کے ہاتھوں کی گرمی بھی اچھی لگ رہی تھی۔

دونوں تھوڑی دیر تک کھڑے کھڑے باتیں کرتے رہے پھر اس نے جسے میں پہلے سے کچھ کچھ جانتا تھا اس سے جو میرے سر پر ہاتھ پھیر رہا تھا کچھ کہا اور چلا گیا۔ ذرا سی دیر

بعد وہ لوٹ آیا۔۔۔ اس کے ہاتھ میں سفید سفید سی کوئی گول گول چیز تھی، میں اسے ٹھیک سے دیکھ نہیں سکا تھا۔ اس لیے میں نے اس لڑکے کے چہرے پر سے نظریں ہٹا کر جسے میں بہت دیر سے ٹکر ٹکر دیکھ رہا تھا، اس گولے کو دیکھنے کی کوشش کی۔ لیکن مجھے وہ چیز نظر نہیں آئی۔ تھوڑی دیر تک دونوں ہنس ہنس کر باتیں کرتے رہے۔ اس کے بعد انہوں نے ایک دوسرے سے اتنے زور زور سے ہاتھ ملایا کہ میرا پورا بدن ڈر کے مارے کانپنے لگا۔

(۲)

وہ نوجوان مجھے گود میں لیے بیٹھا تھا۔ ادھر اُدھر، آگے پیچھے بھی کئی لوگ بیٹھے تھے۔ مجھے ہوا خوب لگ رہی تھی۔ بھر بھر کی عجیب عجیب سی آوازیں آرہی تھیں۔ کبھی کبھی زوردار آواز ہوتی اور میں آپ ہی آپ گود میں اچھل پڑتا۔ مجھے کچھ بھی نہیں معلوم تھا کہ میں کہاں ہوں۔ میں نے دھیرے دھیرے گردن گھمائی اور اس کی طرف دیکھا۔ وہ مجھے پیار بھری نظروں سے دیکھ رہا تھا۔ سچ بتاؤں تو مجھے بھوک لگ رہی تھی، شاید اسی لیے میں "کوں کوں" کر رہا تھا۔

"بھوک لگی ہے۔" اس نے میرے پیٹ میں دھیرے دھیرے گدگدی کی اور جانے کہاں سے کاغذ میں لپٹا ہوا گولا نکال لیا۔ یہ تو وہی چیز تھی جس کی اس وقت میں نے ایک جھلک دیکھی تھی۔ تھوڑی دیر تک جانے وہ کیا کیا کرتا رہا۔ اس کے بعد جانے کیسے ایک موٹی سی ملائم اور گیلی بتی میرے منہ کے اندر پہنچ گئی اور دودھ ایسی کسی چیز سے میرا منہ بھر گیا۔ لیکن مجھے کچھ خاص مزا نہ آیا۔۔۔ نہ اس میں ماں کے پیٹ کی گرمی تھی نہ وہ مٹھاس۔ مجھے ابکائی سی آئی لیکن کیا کرتا پیٹ خالی تھا اس لیے وہ گیلی بتی منہ سے نہیں نکالی۔ تھوڑی تھوری دیر بعد وہ لڑکا بتی میرے منہ سے نکال لیتا اور جانے کیسے اس میں

دودھ بھر کے پھر میرے منھ میں ڈال دیتا۔ دو تین بار تو میں کچھ نہ بولا لیکن پھر میں نے خوب کس کر منھ بند کر لیا۔ اصل میں میرا پیٹ بھر گیا تھا۔

یہ نیا مکان مجھے بالکل اچھا نہ لگا تھا، نہ اتنا بڑا امیدان تھا۔ نہ اونچے اونچے درخت نہ سر پر اتنا بڑا آسمان، بھائی بہن تھے نہ ماں۔ کبھی کبھی مجھے ان کی یاد بھی آتی اور میں ادھر ادھر ان کو ڈھونڈنے لگتا۔ لیکن ایک بات ایسی بھی تھی جو وہاں نہیں تھی۔ گھر کے تین چار لوگوں میں سے ایک نہ ایک ہر وقت میرے آس پاس رہتا۔ یہ لوگ مجھ سے کھیلتے، میری پیٹھ پر ہاتھ پھیرتے یا مجھے گودی میں لے کر "کانگ، کانگ" کہتے۔ کبھی کبھی یہ بھی ہوتا کہ سارے ہی لوگ میرے پاس ہوتے۔ ان میں سے کبھی ایک مجھے گود میں لے لیتا اور کبھی دوسرا۔ میں بھی ناز نخرے دکھاتا۔ ایک بلاتا تو میں دوسرے کی طرف چلا جاتا، پھر یہ سوچ کر کہ اس کا دل نہ ٹوٹ جائے اس کی طرف لوٹ جاتا۔

اب مجھے ایک چھوٹے سے برتن میں دودھ پلایا جاتا تھا۔ کبھی کبھی کوئی سخت اور سوندھی سی چیز بھی اس میں ڈال دی جاتی تھی لیکن میں جیسے ہی منھ مارتا وہ بکھر کر دودھ میں مل جاتی۔ اب مجھے یہ دودھ بہت اچھا لگنے لگا تھا۔ لیکن ایک بات مجھے بہت بری لگتی۔ میں دودھ پیتا تو کوئی نہ کوئی میرے پاس بیٹھا رہتا۔ جب اپنا کھانا کھانے بیٹھتے تو مجھے ایک چھوٹی سی میز پر بٹھا دیتے۔ میں اس کے کونے تک جاتا۔ کبھی ادھر کبھی ادھر، اور زمین بہت دور دیکھ کر ایک دم پیچھے ہٹ جاتا۔ اس پر سب خوب ہنستے اور مجھ سے کہتے، "اب ہم کو کھانا کھانے دو، ہم نے تو تمہارے دودھ میں حصہ نہیں بٹایا تھا۔"

ان کی یہ بات مجھے بڑی بری لگتی۔ کوئی میں ان کا کھانا چھینے لے رہا تھا۔ لیکن بعد میں جب وہ پیار سے میری پیٹھ پر ہاتھ پھیرتے تو مجھے اپنا غصہ یاد بھی نہ رہتا۔ پھر وہ مجھے نرم گدے پر لٹا کر سہلاتے رہتے جو مجھے بہت اچھا لگتا اور میں سو جاتا۔

اب مجھے نہ ماں کی یاد آتی تھی، نہ بھائی بہنوں کی۔ بلکہ سچ پوچھیے تو میں انہیں بالکل بھول چکا تھا۔ میں اپنا نام بھی پہچاننے لگا تھا۔ جب بھی کوئی مجھے "کانگ" کہہ کر پکارتا میں دھیرے دھیرے اس کے پیچھے دوڑتا، لیکن ہر ایک کے پیچھے نہیں۔ کوئی نیا چہرہ چاہے کتنے ہی پیار سے میرا نام لیتا، میں اس وقت تک بھونکتا اور غراتا رہتا جب تک گھر کا کوئی آدمی نہ آجاتا۔ مجھے ان کی آوازوں کا فرق بھی محسوس ہونے لگا تھا۔ ایک آواز تیز تھی اور بھاری، ایک باریک اور نرم، ایک باریک اور تیز۔۔۔ یہ تینوں آوازیں تو میں بہت جلدی پہچاننے لگا تھا لیکن چوتھی آواز پہچاننے میں بہت دیر لگی تھی۔ ایک تو وہ بات ہی بہت کم کرتا تھا اور دوسرے وہ گھر میں زیادہ دیر رہتا بھی نہیں تھا۔ صبح کے وقت اس کی صورت دیکھنے کو ملتی یا پھر رات میں۔ وہ بھی تھوڑی دیر کے لیے۔ ایک کمرے میں جانے کیا کیا کرتا۔

باریک اور نرم آواز والی ایک لڑکی تھی۔ صبح صبح جانے کہاں چلی جاتی۔ ایک چھوٹا سا تھیلا کبھی ہاتھ میں لٹکائے اور کبھی کندھے سے، اور جب سورج ریل کی پٹری کی طرف ذرا سا جھکنے لگتا تو وہ لوٹ آتی۔ اس کی ایک بات مجھے بہت اچھی لگتی۔ کتنی ہی جلدی میں ہو، جاتے وقت میرے سر پر دھیرے دھیرے ہاتھ پھیرنا نہ بھولتی۔ ایک عورت بھی جو سارے دن گھر میں رہتی، مجھے چاہتی تو تھی، کھانا بھی وہی دیتی تھی لیکن ذرا دور سے، مجھے چھوتی تک نہ تھی بلکہ کبھی میں اس کی طرف اپنی طاقت بھر تیز دوڑتا تو وہ پیچھے کھسک جاتی۔ اس کی بس یہی بات مجھے پسند نہ تھی۔

وہ لڑکا جو مجھے لایا تھا، مجھے سب سے زیادہ چاہتا تھا لیکن ڈانٹتا بھی تھا۔ میں بھی اسے سب سے زیادہ چاہتا تھا لیکن اس سے کچھ کچھ ڈر بھی لگتا تھا۔ ایک دن اس نے پتھر کے ایسا ایک چھوٹا سا ڈلا اپنے کوٹ کی جیب سے نکال کر میرے سامنے پلیٹ میں رکھ دیا۔ میری

کچھ سمجھ میں نہ آیا اور میں گیند سے کھیلتا رہا۔ پھر اس نے مجھے گردن سے پکڑا اور میرا منھ پلیٹ کے پاس کر دیا۔ میری ناک ایک عجیب سی خوشبو سے بھر گئی۔ اور میں نے اس پر منھ مارا۔ بہت سخت سی چیز تھی لیکن میرے تیز دانتوں نے دو چار بار کی کوشش میں اس کے ٹکڑے ٹکڑے کر ڈالے۔ بڑی مزیدار چیز تھی۔ میں نے اپنے دانتوں کا پورا زور لگایا پھر بھی اسے توڑنے اور کھانے میں کافی وقت لگا۔ اتنے مزے کی چیز میں نے کبھی نہیں کھائی تھی۔ اس وقت تک مجھے قیمہ کھانے کو نہیں ملا تھا۔

وہ دن خوب اچھی طرح یاد ہے جب میرے مالک نے مجھے گھر کے باہر اپنے پیروں سے چلایا تھا۔ ویسے آس پاس کے مکان، پارک، ریل کی پٹری، اس سے پہلے کا نالا اور دو چار دوسرے لوگوں کی تصویریں تو میں پہچاننے لگا تھا کیونکہ میرا مالک شام کے وقت اپنی گود میں لے کر اکثر سیر کراتا۔ لیکن آج اسے جانے کیا سوجھی کہ چار پانچ مکان چھوڑ کر تراہے کے پاس مجھے بیچ سڑک پر چھوڑ دیا۔ میری گردن میں نرم نرم موٹے سے کپڑے کا چمکدار پٹا پڑا تھا۔ میرے مالک نے مجھے گود سے اتار کر سڑک کے بیچوں بیچ کھڑا کر دیا تو مجھے داہنی طرف کے سارے مکانوں کو غور سے دیکھنے کا موقع ملا۔ بائیں طرف تو پارک تھا۔ ان سارے مکانوں میں میرا مکان سب سے چھوٹا تھا۔ ایک مکان تو اتنا اونچا تھا کہ میں نظریں اٹھا کر بھی پوری طرح نہ دیکھ سکا۔

اسے دیکھ کر مجھے ذرا سی لالچ آئی۔ وہاں روشنی بھی خوب ہو رہی تھی۔ لیکن جب تراہے پر مجھے چھوڑ دیا گیا تو میں نے دوڑ کر اپنے گھر کے دروازہ پر ہی دم لیا۔ اس وقت میں خوشی سے پھولا نہیں سما رہا تھا۔ دروازے پر میرے مالک کی ماں، اس کی بہن اور وہ آدمی کھڑا تھا جس کی آواز کم کم ہی سننے کو ملتی تھی۔ سب لوگ زور زور سے تالیاں بجا رہے تھے لیکن اس آدمی نے بس دو تین بار ہی تالی بجائی۔ اس کی یہ بات مجھے اچھی نہ لگی۔ اور میں

دوسری طرف منہ کر کے اچکنے پھاندنے لگا۔ اتنے میں سڑک پر کوئی تیز سی چیز گزری تو اس لڑکی نے جس نے بہت دیر تک تالی بجائی تھی، جلدی سے مجھے زمین سے اٹھا کر گود میں لے لیا۔

(۳)

بہت دنوں بعد معلوم نہیں کیسے مجھے یکایک احساس ہوا کہ میں گھر کے چاروں لوگوں کی آواز کے علاوہ ان کے چلنے پھرنے سے پیدا ہونے والی کھٹ کھٹ بھی پہچاننے لگا ہوں۔ اس پہچان کا سلسلہ شاید میرے مالک سے شروع ہوا۔ ایسے تو وہ تیز آواز میں نہیں بولتا تھا لیکن ایک دن جب میں نے اس کی چپل کا تسمہ دانتوں سے کاٹ پیٹ کر چیتھڑا بنا دیا تھا تو وہ بہت غصہ ہوا تھا اور اس نے اتنی گرجدار آواز میں مجھے ڈانٹا تھا کہ میرا دل دھک دھک کرنے لگا تھا۔ میں گردن جھکائے اس کے سامنے خاموش کھڑا رہا تھا۔ پھر تھوڑی دیر میں اس کا غصہ کم ہو گیا اور وہ برآمدے کے کونے میں بیٹھ کر میری گردن پر پیار سے ہاتھ پھیرنے لگا۔

"گڈ بوائے چپل نہیں کاٹتے۔" اس نے میری گردن کے نیچے کی ملائم کھال پر ہاتھ پھیرتے ہوئے کہا۔ میں نے دھیرے دھیرے آنکھیں اوپر کیں اور کنکھیوں سے اسے دیکھا۔ اس کی آنکھوں میں تو محبت تھی لیکن وہ ہنس نہیں رہا تھا۔ میں نے اپنی گردن اس کے گھٹنے پر رکھ دی۔ تب جا کے کہیں اس کے چہرے پر ہنسی آئی۔

"چپل نہیں کاٹتے۔" اس نے دہرایا تو میں نے دوسری چپل دانتوں سے اٹھا کر اس کے پاس رکھ دی اور اس نے مجھے دل سے معاف کر دیا۔ اس دن تو خالی ڈانٹ پڑی تھی لیکن ایک دن پٹائی بھی ہوئی۔

ہوا یہ کہ کسی نے گیٹ کھٹکھٹایا۔ میں زور سے بھونکا اور تھوڑی دیر تک برابر بھونکتا

رہا لیکن دراز سے کوئی دکھائی نہ دیا۔ ابھی میرا غصہ ختم بھی نہیں ہوا تھا کہ زمین پر مجھے کاغذ کا ایک ٹکڑا نظر آیا۔ میں نے اس آدمی کا بدلہ اسی کاغذ سے لیا کیونکہ ہو نہ ہو یہ اسی نے پھینکا تھا۔ میں نے اس کا ایک کونہ پنجے سے دبایا اور دوسرا دانتوں سے پکڑ کر کھینچا تو اس کے اندر سے ایک بڑا اور ذرا موٹا اور چکنا کاغذ نکلا۔ میں نے اس کے ٹکڑے ٹکڑے کر ڈالے۔ اور آرام سے دیوار کی چھاؤں میں لیٹ گیا۔ اپنے حساب سے میں نے بہت اچھا کام کیا تھا۔ کسی کو میرے گھر کا گیٹ کھٹکھٹانے اور کاغذ اندر پھینکنے کی ہمت کیسے ہوئی۔ تھوڑی دیر بعد مالکن باہر آئی تو میں اس کی مٹھی دیکھنے لگا جس میں کبھی کبھی ہڈی دبی رہتی تھی لیکن اس کے ہاتھ خالی تھے۔ اسی وقت اس کی نظر پھٹے ہوئے کاغذوں پر پڑی تو اس نے جھک کر ایک ایک ٹکڑا اٹھانا شروع کیا اور مجھے زور سے ڈانٹا۔

"یہ کیا کیا؟" اس نے کہا۔ میری سمجھ میں کچھ بھی نہ آیا۔ میں تو سمجھتا تھا کہ خوب شاباشی ملے گی لیکن یہاں تو ڈانٹ پڑ رہی تھی اور وہ روہانسی ہو گئی تھی۔ پھر اس نے وہیں بیٹھ کر کاغذ کے ان ٹکڑوں کو زمین پر جمانا شروع کیا۔ بیچ بیچ میں وہ مجھے غصہ سے دیکھتی بھی جاتی تھی۔ میں چور بنا بیٹھا رہا۔

اس وقت اور کچھ نہیں ہوا اور میں تھوڑی دیر میں سب کچھ بھول گیا لیکن شام کو جب میرا مالک آیا تو اس نے روز کی طرح پتھر ایسا مزیدار ڈلا میری پلیٹ میں رکھ دیا، میں پلیٹ کی طرف لپکا لیکن اس نے "نو" کہہ کر مجھے روک دیا۔ پھر اپنے سیدھے ہاتھ کی دو انگلیاں ایک دوسرے سے کس کے ملا لیں۔ ذرا سی دیر بعد جانے کیسے اس کی انگلیوں سے دو بار "چٹ چٹ" کی آواز نکلی۔ اس آواز سے تو میری سمجھ میں کچھ خاک نہ آیا لیکن جب اس نے "یس" کہا تو میں اس مزے دار ڈلے پر ٹوٹ پڑا۔ اس نے پیار سے میری پیٹھ اور سر سہلایا اور گھر کے اندر چلا گیا۔ ابھی میں اسے پوری طرح کھا بھی نہ پایا تھا کہ وہ

گھر کے اندر سے نکلا۔ اس کے ایک ہاتھ میں پتلی سی وہی چھڑی تھی جسے لے کر وہ مجھے ٹہلانے جاتا تھا اور دوسرے ہاتھ میں کاغذ کے ٹکڑے۔ میں کچھ سمجھے بغیر اس کی طرف پیار بھری نظروں سے دیکھنے لگا۔ لیکن جب اس نے کاغذ کے وہ ٹکڑے میرے سامنے پکے فرش پر پھینک دیے تو میرا خون خشک ہو گیا۔

"یہ کیا کیا؟" وہ گرجا۔ وہ مزے دار ڈلا اب بھی میرے منھ میں تھا مگر ڈر کے مارے میرا رواں رواں کانپ رہا تھا اور میں اسے کھانا بھول کر سر جھکائے کھڑا رہا۔

"پھر پھاڑو گے کاغذ؟" اس نے کہا اور چھڑی میری پچھلی ٹانگ پر ماری۔ چوٹ تو ضرور لگی لیکن مجھے اس سے زیادہ دکھ یہ تھا کہ مالک نے مجھے مارا۔ اس نے پھر چھڑی اٹھائی، میں دبک گیا۔ لیکن اس نے مارا نہیں بلکہ میرے پاس بیٹھ گیا اور میری پیٹھ پر پیار سے ہاتھ پھیرتے ہوئے بولا، "گڈ بوائے کاغذ نہیں پھاڑتے۔"

وہ میرا سر، پیٹھ اور وہ جگہ جہاں اس نے مارا تھا، پیار سے دھیرے دھیرے سہلاتے ہوئے بار بار کہتا رہا، "یو آر اے گڈ بوائے کانگ۔ گڈ بوائے کاغذ نہیں پھاڑتے۔"

اس دن مجھے معلوم ہوا کہ میرا نام کانگ تھا۔

دو تین دن بعد میں برآمدے میں کھڑکی کے پاس لیٹا تھا کہ کسی نے دھیرے سے گیٹ کھٹکھٹایا اور کوئی چیز بھد سے اندر گری۔ میں لپکا اور اس پر دانت مارنے والا ہی تھا کہ اس دن کی مار یاد آگئی اور میں اسے پنجے کے نیچے دبا کر بیٹھ گیا۔ تھوڑی دیر بعد میرے مالک کی چھوٹی بہن باہر نکلی تو مجھے دیکھ کر خوب زوروں سے ہنسنے لگی۔ میں کیا جانوں وہ کیوں ہنس رہی تھی۔ پھر وہ میرے پاس آئی اور میرے پنجے کے نیچے سے وہ موٹی سی چیز نکال کر "گڈ بوائے" کہتی ہوئی اندر چلی گئی۔ ذرا سی دیر میں وہ پھر باہر آئی اور اس نے وہی مزے دار ڈلا میری پلیٹ میں ڈال دیا۔ میں اسی طرح لیٹا رہا۔ اس نے چٹکی بجائی تو میں نے لیٹے

ہی لیٹے منھ بڑھا کر اسے کھانا شروع کر دیا اور وہ "گڈ بوائے" کہتی ہوئی اندر چلی گئی۔

مجھے بڑا اچھا لگا۔

اب میں "گڈ بوائے" ہو گیا تھا، جبھی تو دن میں بھی مجھے ایسی اچھی چیز کھانے کو ملی تھی۔ اس کا نام مجھے بہت دنوں بعد سمجھ میں آیا۔ سب لوگ اسے "ڈاگ بسکٹ" کہتے تھے لیکن وہ اتنی اچھی چیز کیوں نہیں کھاتے تھے، یہ میری سمجھ میں کبھی نہیں آیا۔

میرے مالک کی چھوٹی بہن کا نام بہت چھوٹا سا تھا اور وہ تھی بھی چھوٹی سی۔ میں اس کا نام کچھ کچھ پہچاننے لگا تھا لیکن اس کے نام میں ایسی ملائم سی آوازیں تھیں کہ بہت دنوں تک تو میں بس "رین" ہی سمجھتا رہا۔ ایک دن میرا مالک بہت دیر بعد گھر آیا۔ بہت گرمی پڑ رہی تھی۔ وہ شاید بہت تھکا ہوا تھا۔ یہ مجھے ایسے معلوم ہوا کہ اس نے روز کی طرح ذرا دیر کے لیے میرے پاس بیٹھ کر نہ تو میری پیٹھ سہلائی، نہ میری گردن اور سر کو دونوں ہاتھوں میں لے کر انہیں تین چار بار پیار سے دبایا۔ بس مجھے چھوتا ہوا دروازہ کی طرف بڑھ گیا۔ اور دروازہ پر لگا گھنٹی کا بٹن دبایا۔ گیٹ کے باہر سے گھنٹی وہ پہلے ہی بجا چکا تھا۔ ٹن ٹن کی ہلکی سی آواز میں پہلے ہی سن چکا تھا۔ اس نے گھنٹی دوبارہ بجائی اور زور سے دروازہ بھڑ بھڑایا اور آواز دی، "زرّیں۔ زرّیں۔"

دروازہ کھلا تو وہی لڑکی جسے میں "رین" سمجھتا تھا سامنے کھڑی تھی۔ اس دن اس کا اصلی نام میری سمجھ میں آیا۔ میرا مالک تو اسے نام لے کر ہی پکارتا تھا لیکن مالکن اور سفید بالوں والا اسے بیٹی بھی کہتے تھے۔ میں کبھی کبھی چکرا جاتا، کیا اس کے دو نام ہیں۔ میرا تو ایک ہی نام ہے "کانگ۔" اسی وقت مجھے خیال آیا کہ مجھے بھی تو گھر کے لوگ کبھی کبھی "گڈ بوائے" کہتے ہیں۔ مجھے یہ دوسرا نام بہت اچھا لگتا تھا اور مالکن اور سفید بالوں والے کے نام مجھے کبھی نہ معلوم ہو سکے۔ کوئی ان کا نام لیتا ہی نہ تھا۔ جانے کیوں۔ اور میرا

مالک۔۔۔ اس کا نام۔۔۔ ساجد۔۔۔ تو ہر ایک کی زبان پر رہتا تھا۔ ہر شخص اسے نام لے کر پکارتا۔ اس لیے سب سے پہلے مجھے یہی نام یاد ہوا تھا۔ اس کے دو چار جاننے والے روز ہی آتے تھے وہ بھی اسے ساجد ہی کہہ کر آواز دیتے۔ مجھے اس کا نام بھی بڑا پیارا لگتا تھا۔

اب مجھے اپنے مالک، سفید بالوں والے اور زرّیں کے آنے جانے کے وقت کا بھی کچھ کچھ اندازہ ہو گیا تھا۔ گھر کی مالکن تو بس کبھی کبھی ہی کہیں جاتی۔ زرّیں آتی تو میں گیٹ کے پاس آ کھڑا ہوتا۔ اور جیسے ہی وہ داخل ہوتی اچک کے تھیلے پر دونوں ہاتھ رکھ دیتا۔ وہ میرے سر پر دھیرے سے چپت لگاتی جو مجھے بہت اچھا لگتا۔ شاید میں اس کا انتظار اسی پیار بھرے چپت کے لیے کرتا تھا۔ اپنے مالک، ساجد کے قدموں کی آواز تو میں بہت دور سے سن لیتا تھا۔ اس کی تو بات ہی اور تھی۔ مجھے "گڈ بوائے" سب سے زیادہ وہی کہتا تھا۔ میں چاہتا بھی سب سے زیادہ اسے ہی تھا اور ڈرتا بھی۔ جیسے ہی مجھے اندازہ ہوتا کہ وہ آ رہا ہے، میں گیٹ پر اگلی دونوں ٹانگیں رکھ کر کھڑا ہو جاتا تھا۔ یہ بات اسے معلوم تھی اس لیے وہ دونوں پٹ باہر کی طرف کھولتا اور میری گردن اور سر دونوں ہاتھوں میں لے کر تیزی سے ملتا۔ مجھے بڑا اچھا لگتا۔ تھوڑی دیر میرے ساتھ کھیلنے کے بعد ہی وہ گھر میں جاتا۔

سفید بالوں والا اس وقت آتا جب سورج کو ریل کی پٹری کے پار زمین میں چھپے ہوئے بھی دیر ہو گئی ہوتی۔ دن میں پندرہ بیس اسکوٹریں تو میرے گھر کے سامنے سے روز گزرتی ہوں گی۔ پر میں چپ چاپ بیٹھا رہتا یا جو بھی کر رہا ہوتا اسی میں لگا رہتا۔ لیکن اس کے اسکوٹر کی آواز سب سے الگ تھی۔ میں دور ہی سے پہچان لیتا اور جیسے ہی وہ اسکوٹر کھڑی کر کے گیٹ کھولتا، میں خوشی کے مارے بے چین ہو جاتا۔ پھر وہ اسکوٹر اندر لاتا اور میں دوڑ کر دروازہ بھر بھڑاتا۔ اسے گھنٹی بجانے کی ضرورت ہی نہ پڑتی۔ نہ تو وہ مجھے بہت زیادہ پیار کرتا نہ میرے ساتھ کھیلتا ہی لیکن ایسی ٹھنڈی نظروں سے مجھے دیکھتا کہ میں

لوٹ لوٹ ہو جاتا۔ اور جانے کیا بات تھی کہ جب وہ گھر میں ہوتا مجھ پر ڈانٹ بھی نہ پڑتی۔ وہ مجھے کیا کسی کو بھی نہ ڈانٹتا تھا لیکن اس کی بات سب مانتے تھے۔ میں بھی۔

میرے گھر کے آس پاس بس ایک کتا تھا۔ اس کی مالکن اس کو "گولو" کہہ کر پکارتی تھی۔ وہ مجھے دیکھ کر زور زور سے غراتا تو میرا مالک زمین سے پتھر اٹھا کر اس کی طرف پھینکتا بھی تھا۔ وہ تھوڑی دور بھاگ جاتا لیکن پلٹ پلٹ کے غراتا اور بھونکتا رہتا۔ غراتا اور بھونکتا تو میں بھی تھا۔ جتنی مجھ میں طاقت تھی، لیکن اس سے ڈرتا بھی تھا اور اس کی آواز سن کر اپنے مالک کے پیروں سے لگ کر کھڑا ہو جاتا۔

ایک دن میرا مالک مجھے ٹہلانے نکلا تو وہ کہیں دکھائی نہیں دیا۔ ہم دونوں مزے سے چلے جا رہے تھے کہ ایک دم پارک کے نکڑ پر اس نے جانے کس طرف سے آکر میرے مالک پر حملہ کر دیا۔ مجھے بڑا غصہ آیا اور میں بھونکا بھی، اپنی پوری طاقت لگا کر، لیکن میرا دل دھک دھک کر رہا تھا۔ اسی وقت میں نے دیکھا کہ میرے مالک نے اپنی کمر سے چوڑی اور لمبی سی رسی کھول کر اس پر خوب زور سے ماری اور وہ "پیں پیں" کرتا ہوا اپنے گھر کی طرف بھاگا۔ میں بہت خوش ہوا۔ اس کی آواز سن کر دو تین لوگ اس کے گھر سے نکل آئے۔ میرے مالک اور ان لوگوں میں تھوڑی دیر تک خوب زور زور سے باتیں ہوتی رہیں۔

تھوڑے دنوں میں آس پاس کئی چھوٹے بڑے کتے جانے کہاں سے آ گئے لیکن ان میں سے کوئی نہ مجھ سے بولتا تھا نہ میرے مالک سے۔ دن میں تو میں بس تھوڑی دیر کے لیے باہر لے جایا جاتا لیکن رات میں جب ویسے تو ہر طرف اندھیرا ہوتا لیکن جانے کیسے مکان اور پارک بلکہ اور آگے تک کی سڑک دکھائی دیتی، مجھے خوب ٹہلایا جاتا۔ پارک میں تھوڑی دیر کے لیے مجھے آزاد چھوڑ دیا جاتا اور میں ایک کونے سے دوسرے کونے تک

دوڑا دوڑا پھرتا۔ میں ذرا بڑا ہو گیا تھا اور مجھ میں خوب طاقت آگئی تھی۔ کیا مزے کے دن تھے۔ پھر ایک رات کو جب میں پارک میں دوڑ رہا تھا، مجھے پوری ایک اینٹ ایک جگہ پڑی ہوئی دکھائی دی۔ مجھے اس کی بو بڑی اچھی لگی۔ میں نے اپنے اگلے پیروں اور دانتوں سے اسے سیدھا کر کے اپنے منھ میں کس کے داب لیا اور وہاں سے پارک کے دوسرے کونے تک بھاگا بھاگا چلا گیا۔ پھر وہاں سے دوسرے کونے تک خوب تیزی سے دوڑا۔ پاس ہی میرا مالک اور زرّیں کھڑے تھے۔ دونوں زور سے تالی بجا رہے تھے۔ ان کی خوشی دیکھ کر میں نے سمجھ لیا کہ میں کوئی بہت اچھا کام کر رہا ہوں اور ایک بار پھر دوسرے کونے کی طرف دوڑا لیکن میرے مالک نے مجھے پارک کے بیچ ہی میں روک لیا اور میری پیٹھ، گردن اور سر پر بہت دیر تک پیار سے ہاتھ پھیرتا رہا۔

اپنے گھر واپس آکر میں نے برتن میں رکھا ہوا سارا پانی پی لیا۔ اس وقت پانی تو میں روز ہی پیتا تھا لیکن اتنا نہیں۔ پھر تو یہ روز کی بات ہو گئی۔ کبھی کبھی میں اینٹ گھر لے آتا تو اسی وقت جو بھی مجھے باہر لے گیا تھا اسے اٹھا کر پارک کے پاس والے درخت کی طرف پھینک دیتا۔ ان ہی دنوں جانے کیسے ایک دن مجھے اندازہ ہوا کہ میں خوب بڑا ہو گیا ہوں اور میرے پٹھے بہت مضبوط ہو گئے ہیں۔ اس وقت مجھے "گولو" بہت یاد آیا، مل جائے تو بھنبھوڑ ہی ڈالوں۔

میرے گلے میں ایک پٹا تو ہر وقت ہی پڑا رہتا تھا۔ اس میں ایک جگہ دو تین چھوٹے چھوٹے چمکدار گولے تھے۔ مجھے باہر جاتے وقت میرا مالک ہو یا زرّین یا پھر وہ سفید بالوں والا، میری گردن کے پاس کچھ کھٹر پٹر کرتے اور میں ایک لمبی اور چوڑی سی رسی سے بندھ جاتا۔ یہ تو مجھے بہت دنوں بعد معلوم ہوا کہ اسے "لیش" کہتے ہیں۔ اسے دیکھ کر مجھے وہ رسی یاد آجاتی جسے کمر سے کھول کر میرے مالک نے "گولو" کو مارا تھا اس لیے مجھے اچھی

بھی لگتی لیکن اس کی وجہ سے مجھے مالک کے ساتھ ساتھ چلنا پڑتا اور سڑک کے کنارے پڑی ہوئی اینٹوں کو دیکھ کر مجھے بڑی لالچ آتی۔ کبھی کبھی میں پوری طاقت لگا کر جھٹکا دیتا لیکن یہ "لیش" ٹوٹتی نہ مالک کے ہاتھوں سے اسے چھڑا پاتا۔ ڈانٹ پڑتی تو پہلے کی طرح ساتھ ساتھ چلنے لگتا۔

پارک میں میری گردن کے پاس پھر کھٹر پٹر ہوتی اور میں دوڑنے بھاگنے کے لیے آزاد ہو جاتا لیکن مالک کے ہاتھ میں بھی وہ "لیش" مجھے ایک آنکھ نہ بھاتی۔ میں اسے چھیننے کی کوشش کرتا تو وہ ہاتھ اونچا کر لیتا۔ میں دور سے دوڑتا ہوا آتا اور پاس آکر ہوا میں کودتا اور مالک کے کندھے تک پہنچ جاتا، وہ ہاتھ اونچا کر لیتا۔ کبھی اس کا کونا میرے منہ میں آجاتا تو دانتوں سے دبا کر اپنی طاقت بھر جھٹکے دیتا لیکن میرا مالک بھی بہت مضبوط تھا۔ "چھوڑدو، چھوڑدو کانگ" میرا مالک کہتا تو میں اسے چھوڑ دیتا۔ ایک دن جانے کیسے وہ رسی باہر رہ گئی۔ جیسے ہی میری نظر اس پر پڑی مجھے ایک دم غصہ آگیا اور میں نے اپنے تیز نکیلے دانتوں سے اس کے ٹکڑے ٹکڑے کر ڈالے۔

شام کو جب زرّین اور میرے مالک نے اسے دیکھا تو مجھ پر خوب ڈانٹ پڑی۔ میرا مالک تو بہت خفا تھا۔ میں چپ چاپ بیٹھا ہوا دوسری طرف دیکھ رہا تھا لیکن کنکھیوں سے ادھر بھی دیکھ لیتا تھا جہاں سب لوگ کھڑے تھے۔ میرے مالک کا غصہ کسی طرح کم ہی نہیں ہو رہا تھا اور میں سوچ رہا تھا کہ دو چار ہاتھ تو پڑ ہی جائیں گے۔ اسی وقت گیٹ کھلا اور سفید بالوں والا آگیا۔ اسے دیکھ کر میری جان میں جان آئی کہ اب شاید پٹائی نہ لگے۔ اور ہوا بھی یہی۔

میں بھی کچھ کم شیطان نہ تھا۔ دروازہ کھلا پاتا تو چپکے سے گھر کے پیچھے والے کھیت میں دوڑا دوڑا پھرتا اور بہت سے چھوٹے چھوٹے درخت کچل ڈالتا۔ کبھی اپنا گدا پھاڑ ڈالتا۔ ایک

بار تو لمبا سا چکنا کپڑا میں نے چیتھڑے چیتھڑے کر ڈالا تھا۔ اس لیے ڈانٹ تو پڑتی ہی رہتی تھی۔ جب بھی ڈانٹ پڑتی میں دوسری طرف دیکھنے لگتا۔ میری اس حرکت پر کبھی کبھی وہ لوگ ڈانٹتے ڈانٹتے ہنسنے لگتے۔ لیکن اس دن زرّین بہت غصہ تھی۔ شاید وہ کپڑا اسی کا تھا۔ مجھے بھی اپنے بے وقوفی پر افسوس ہو رہا تھا۔ میں اسی طرح چپ چاپ بیٹھا دوسری طرف دیکھتا رہا۔ آخر زرّین کو ہنسی آہی گئی اور اس نے کہا، "میرا اتنا اچھا جمپر پھاڑ ڈالا اور کیسے بھولی بٹیر بنے بیٹھے ہیں۔"

یہ "بھولی بٹیر" کیا ہوتی ہے، مجھے کبھی نہ معلوم ہو سکا۔

اب میں آپ ہی آپ ہر وقت خوش رہتا۔ اپنی طاقت کے نشے میں مست۔ آس پاس کوئی کتا میرا مقابلہ کرنے کی ہمت نہیں کر سکتا تھا۔ رات میں سامنے والے پارک اور اس کے چاروں طرف کی سڑک پر میری حکومت ہوتی۔ کسی کی مجال نہیں تھی کہ میرے سامنے آکر بھونک سکے۔

میرے گھر کے باہر گیٹ سے دوسرے مکان تک جھاڑیوں کی باڑھ لگی تھی۔ دن میں اور پھر شام کے وقت سڑک پر سے بہت سی بھینسیں گزرتیں تو جانے کیوں بیچ میں چلنے کے بجائے جھاڑیوں سے اپنا بدن رگڑتیں۔ مجھے ان کی یہ بات اچھی نہ لگتی۔ آخر وہ میری چیز کیوں چھوتی ہیں۔ میں خوب بھونکتا، ایک کونے سے دوسرے کونے تک دوڑتا لیکن ان پر کوئی اثر نہ ہوتا۔ لوہے کے دروازے پر اپنے دونوں اگلے پیر رکھ کر کھڑا ہو جاتا اور دونوں پٹوں کی بیچ کی جھری سے ان کالی کلوٹی بھینسوں کو دیکھ کر اپنا غصہ اتارتا۔ ایک دن میری مالکن نے اس آدمی سے جو ایک لمبا سا ڈنڈا لیے ان کے پیچھے پیچھے چل رہا تھا کچھ کہا لیکن اس نے جھاڑی کے پاس بھینس کو بھگایا نہیں۔ میں نے زور زور سے گیٹ پر بار بار ہاتھ مارا تو جانے کیسے اوپر کا کھٹکا کھسک گیا اور میں باہر نکل آیا۔

مالکن میرا نام لے لے کر بار بار مجھے اندر بلا رہی تھی لیکن میں اتنے غصے میں تھا کہ مجھے بھینسوں کے علاوہ نہ کچھ دکھائی دے رہا تھا اور نہ میں کسی کا حکم ماننے کے لیے تیار تھا۔ میں جلدی سے آگے بڑھ کر خوب زور سے بھونکا اور اپنے تیز اور لمبے دانت باہر نکال کر اس بھینس کی طرف جو اَب بھی جھاڑی سے اپنا بدن کھجا رہی تھی، بڑھا تو اس نے اپنا بھاری سر اور سینگ گھمائے۔ میں پہلے تو ڈر کے ذرا سا دبکا پھر جھکائی دے کر اس کے پیچھے چلا گیا اور اپنی پوری طاقت سے بھونکنے لگا۔ اس نے اپنی پچھلی ٹانگ سے مجھے مارنے کی کوشش کی۔ میں نے پھرتی سے اپنا بدن پیچھے کر لیا اور کود کر اس کی دم پکڑ لی۔ وہ بھاگی اور اس کے ساتھ دوسری بھینسیں بھی۔ میں نے اس کی دم نہ چھوڑی اور دانتوں سے اسے خوب زور سے دبا لیا۔ پھر جب وہ نالے پر رکھا ہوا پتھر پار کر کے ریل کی پٹری کے پاس کی گٹیوں پر چڑھنے لگی تو میرے کانوں میں آواز آئی، "کانگ کم۔ کانگ کم۔" میں نے دم چھوڑ دی اور اپنی کامیابی پر خوش خوش گھر کی طرف بھاگا۔ مارے خوشی کے میرے پیر زمین پر نہیں پڑ رہے تھے۔ اس دن پہلی بار میں نے اپنی طاقت دیکھی۔ میری آواز سن کر کئی کتے سڑک پر آ گئے تھے لیکن وہ مجھ سے دور دور ہی رہے۔ کسی کو میرے پاس آنے کی ہمت نہیں ہوئی۔ ان میں "گولو" نہیں تھا ورنہ میں اسے بھی مزہ چکھا دیتا۔

گیٹ کے پاس سے میری مالکن نے دھیرے سے کہا، "کم" اور میں گھر میں چلا گیا۔ اس دن کے بعد سے بھینسوں نے میرے گھر کی جھاڑیوں کو چھونا چھوڑ دیا۔ سورج ذرا آسمان میں اوپر ہو جاتا تو میں گیٹ کے پاس آ کر بیٹھ جاتا۔ جیسے ہی بھینسوں کے پیروں کی آواز آتی میں زور سے غراتا اور بھونکتا۔ وہ بھینسیں سڑک پر تیز تیز چلتی ہوئی ریل کی پٹری کی طرف بڑھنے لگتیں۔ پھر میں دن کا کھانا کھا کر اپنے گدے پر سو جاتا۔

(۴)

ایک دن صبح صبح گیٹ کے باہر سے کسی نے گھنٹی بجائی تو میں زور سے بھونکا۔ زرّین کے "نو کانگ" کہنے پر میں چپ تو ہو گیا لیکن بالکل تیار کھڑا رہا۔ ویسے تو جب بھی گھنٹی بجتی پہلے کوئی نہ کوئی پوچھتا "کون ہے؟" اور پھر دروازہ کھولتا۔ لیکن اس دن جانے کیا بات تھی کہ سارے لوگ خوش خوش ایک ساتھ گیٹ کے باہر نکل آئے۔ زرّین نے میرے گلے کا پٹہ پکڑ لیا اور میں خاموش کھڑا سب کو دیکھتا رہا۔ آنے والوں میں ایک مرد تھا جسے میں نے پہلے کبھی نہیں دیکھا تھا، یا شاید دیکھا ہو۔ ٹھیک سے یاد نہیں۔ ایک عورت تھی جس کی صورت پہچانی پہچانی لگ رہی تھی اور ایک پیارا پیارا بچہ۔ مالکن نے اس عورت کو لپٹا لیا۔ سفید بالوں والے نے اس آدمی کو سینے سے لگایا اور اس بچے کو گود میں لے کر پیار کرنے لگا۔ زرّین بھی ہنس ہنس کر باتیں کر رہی تھی۔ میری سمجھ میں یہ تو نہیں آرہا تھا کہ یہ سب کیوں ہو رہا ہے لیکن میرے گھر کے لوگ خوش تھے اس لیے میں بھی خوش تھا اور پیار سے اس بچے کو دیکھ رہا تھا۔ بڑا پیارا تھا وہ بچہ۔ سفید بالوں والے کی انگلی پکڑ کر گیٹ سے اندر جاتے ہوئے وہ کنکھیوں سے مجھے دیکھے جا رہا تھا۔ شاید مجھ سے ڈر رہا تھا۔ میں اسے پاس سے دیکھنے کے لیے ذرا آگے بڑھا تو وہ سفید بالوں والے کی ٹانگوں سے لپٹ گیا۔ زرّیں نے پٹا کھینچ کر مجھے پیچھے کر دیا۔ مجھے بہت برا لگا۔ میں تو اتنا پیار کر رہا ہوں اور وہ ڈرا جا رہا ہے، لیکن میں ایک بار بھی نہیں بھونکا۔

دھیرے دھیرے سب لوگ گھر میں چلے گئے اور دروازہ بند کر دیا گیا۔

مجھے یہ سب لوگ اچھے لگے، لیکن بچے کی بات ہی اور تھی، گورا گورا گول مٹول۔ اب تو مجھے اس کا ڈرتے ہوئے اپنی طرف دیکھنا بھی اچھا لگتا تھا۔ وہ جب بھی گھر کے باہر آتا کوئی نہ کوئی اس کے ساتھ ضرور ہوتا۔ میں اسے پیار سے دیکھتا رہتا لیکن اس کا ڈر پوری طرح ختم نہ ہوا تھا۔ یہ بات دوسری ہے کہ جب میں ذرا دور ہوتا تو وہ میری طرف ہاتھ

ہلا کر کہتا "کانگ کانگ" اس کے منھ سے اپنا نام سن کر میں بہت خوش ہوتا اور جب بھی اسے دیکھتا تھوڑی دوری پر دیوار کے سائے میں بیٹھ جاتا۔ اب تو وہ مجھے پہلے سے بھی زیادہ اچھا لگنے لگا تھا۔

ایک دن جانے کیسے وہ اکیلے ہی گھر کے باہر آگیا، شاید گیند اٹھانے کے لیے، جو لڑھکتی ہوئی لان میں آگئی تھی۔ اس کی مجھ پر نظر نہیں پڑی۔ میں گملوں کے پاس لیٹا لیٹا اسے دیکھتا رہا۔ پھول دار قمیص اور پینٹ میں وہ بہت پیارا لگ رہا تھا۔ مجھ سے رہا نہ گیا اور میں نے تیزی سے اچک کر اگلے پیر اس کے کندھوں پر رکھ دیے اور اس کے منھ پر پیار کر لیا۔ اس نے ایک چیخ ماری اور روتا ہوا اندر بھاگا۔ باہر کے کمرے میں شاید کئی لوگ آگئے تھے۔ ان کی آوازیں تو آرہی تھیں لیکن وہ کیا کہہ رہے تھے میری سمجھ میں نہیں آرہا تھا۔ اتنے میں روتے روتے اس نے کہا "کانگ ماموں نے پیار کر لیا۔"

میں حیران و پریشان کھڑا تھا۔ میری سمجھ میں نہیں آرہا تھا کہ میرے پیار کرنے سے کسی کو ڈر کیسے لگ سکتا ہے۔ مجھ پر ڈانٹ بھی پڑی۔ کیوں؟ یہ میں کیا جانوں۔ میں نے تو بس اسے پیار کیا تھا۔۔۔ کچھ دنوں بعد وہ سب چلے گئے۔ جاتے وقت پیار سے اس بچے نے اپنے باپ کی گود سے میری طرف دیکھ کر ہاتھ ہلایا اور ڈرتے ڈرتے کہا، "کانگ ماموں ٹاٹا۔"

اس سے میٹھی آواز میرے کانوں میں پہلے نہ پڑی تھی۔ آخر میرے پیار نے اثر دکھا ہی دیا۔ میں نے سوچا۔ وہ سب ایک دوسرے سے گلے مل رہے تھے۔ میری مالکن تو رو رہی تھی۔ پھر ایک چھوٹی سی گاڑی میں بیٹھ کر وہ سب چلے گئے۔ میں دور تک اس گاڑی کو دیکھتا رہا۔ اسی میں تو وہ بچہ بیٹھا ہوگا جس نے مجھے "کانگ ماموں" کہا تھا۔ یہ "ماموں" ضرور کوئی اچھی بات ہوگی۔ میرے مالک کو بھی تو وہ "ماموں" کہتا تھا۔

(۵)

اب میں اپنے مکان کے آس پاس کے حصہ کا بادشاہ تھا۔ بس ایک "گولو" تھا اور اس کا ساتھی "چھٹکو" جو کبھی کبھی مجھ کو چھیڑتے۔ محلے کے دوسرے سارے کتے مجھے دیکھتے ہی ڈر کے مارے ادھر ادھر ہو جاتے تھے۔ ایک دن بہت سے کتوں نے ایک ساتھ میرے گھر کے سامنے آکر بھونکنا شروع کیا۔ میں سمجھا ایک دوسرے سے لڑ رہے ہوں گے اس لیے خاموش بیٹھا رہا۔ اتنے میں "چھٹکو" نے جھاڑی سے اپنا منھ نکالا۔ اسے دیکھتے ہی میرے تن بدن میں آگ لگ گئی اور میں چھلانگ لگا کر وہاں پہنچا تو وہ کھسک کر باہر ہو گیا۔ میں سمجھ گیا یہ "گولو" ہی کی شرارت ہے۔ لیکن پوری طاقت سے بھونکنے کے علاوہ میں کر بھی کیا سکتا تھا۔ گیٹ بند تھا۔ میں نے اسے زور سے دھکا دیا لیکن کھٹکا نہ کھلا۔ غصہ کے مارے میرا خون کھول رہا تھا۔ اس لیے میں کبھی جھاڑیوں کے پاس سے اور کبھی گیٹ پر آکر غراتا اور بھونکتا رہا۔ اتنے میں وہ موٹی سی عورت آگئی جو میرے گھر میں کام کرتی تھی۔ میرے کھانا کھانے اور پانی پینے کے برتن بھی وہی صاف کرتی تھی۔ کبھی کبھی میرے لیے قیمہ بھی لاتی تھی۔

اس نے جیسے ہی دروازہ کھولا میں باہر نکل کر ان کتوں پر جھپٹا۔ مجھے دیکھتے ہی وہ سارے کے سارے بھاگے۔ بھاگنے والوں میں سب سے آگے "گولو" تھا اس کے پیچھے "چھٹکو۔" میں نے اور کسی کی طرف دیکھا بھی نہیں، بس ان دونوں کے پیچھے لپکا۔ لیکن پارک کے کونے تک پہنچنے کے بعد جب وہ کہیں دکھائی نہ دیے تو میں رک کر غرانے لگا۔ اتنے میں مجھے اپنا نام سنائی دیا، کوئی مجھے پکار رہا تھا۔ میں نے پلٹ کر دیکھا تو گیٹ کے باہر وہی موٹی عورت کھڑی تھی۔ میں گھر کی طرف لوٹا لیکن پلٹ پلٹ کے دیکھتا بھی جاتا تھا۔ "گولو" اور "چھٹکو" کہیں دکھائی نہ دیے۔ اس دن سے سارے کتوں پر میرا دبدبہ بیٹھ گیا۔

وہ مجھے دیکھتے ہی راستہ چھوڑ دیتے تھے۔ بے کار ڈرتے تھے۔ میں یوں ہی ان پر حملہ تھوڑی کرتا۔ میرا مالک بہت سخت تھا۔ مجھے خود سے کسی کو چھیڑنے کی اجازت نہیں تھی۔

وہ دن بھی کیسے پیارے تھے۔ بھلائے نہیں بھولتے۔ جاڑوں میں گیٹ کے پاس پکی زمین پر ملائم سے گدے کے اوپر لیٹے لیٹے چاروں طرف کے پھولوں سے لدے ہوئے پودوں کو دیکھنا، بیچ میں ایک آدھ جھپکی مار لینا، کوئی مکھی ناک یا کان پر بیٹھ جائے تو ہاتھ ہلائے بغیر دھیرے سے غرا کر اسے اڑا دینا، گیٹ پر کوئی ہاتھ بھی لگا دے تو بھونک کر اس کی سٹی پٹی گم کر دینا اور شان سے، ادھر ادھر دیکھے بغیر، شریفے، امرود اور پپیتے کے پیڑوں کے پاس سے ہوتے ہوئے، دروازہ کھلا ہو تو مکان کے پیچھے کے کھیت میں نکل جانا اور بدن سمیٹے دھیرے دھیرے دوڑتے ہوئے اس جگہ تک پہنچ کر جہاں کانٹے دار تار لگے تھے، دور دور تک پھیلے ہوئے اونچے اونچے درختوں کو دیکھنا۔ کیسے پیارے تھے وہ دن۔

کانٹے دار تاروں سے تھوڑا آگے ایک نالا تھا، اس طرف سے نیولے آجاتے تھے۔ شروع شروع میں تو میں انہیں دوڑاتا اور وہ بھاگ جاتے لیکن پھر دوستی ہوگئی اور میں نے انھیں دوڑانا چھوڑ دیا۔ وہ مکان کے پیچھے کی دیوار کے پاس کے چھپر سے جس میں جانے کیا کیا بھرا تھا نکلتے، تو میں انہیں چپ چاپ دیکھا کرتا، کچھ نہ بولتا، لیکن کھیت میں کھلنے والے دروازہ کی طرف بڑھتے ہوئے وہ مجھے پلٹ پلٹ کے دیکھتے ضرور۔ پرانے دنوں کا ڈر ان کے دلوں میں سمایا ہوا تھا۔ مجھے یہ لمبورے سے نیولے جو زمین سے چپکے چپکے دوڑتے، اب اچھے لگنے لگے تھے، ان کا ڈرنا بھی اچھا لگتا تھا۔ گھر کے باہر کے کتوں کی طرح انہیں بھی سہما سہما دیکھ کر میرے دل میں اپنے طاقتور ہونے کا احساس اور بھی بڑھ جاتا لیکن دل میں ایک کانٹا اب بھی چبھا ہوا تھا۔ "گولو" اور "چھٹکو" ویسے تو میرے سامنے نہ آتے لیکن

جب بھی میں ان کے گھر کے سامنے سے گزرتا مجھے دیکھ کر خوب بھونکتے۔ ایک دن پارک کے نکڑ کے پاس میں نے یوں ہی پلٹ کر دیکھا تو دونوں جھاڑیوں میں ایسے بیٹھے تھے جیسے حملہ کرنے ہی والے ہوں۔ کون جانے مجھے بے خبر دیکھ کر پیچھے سے حملہ کر دیتے۔ یہ طاقت کا نشہ برا ہوتا ہے اس میں ڈر بھی سمایا رہتا ہے۔

اور ایک دن وہی ہوا جس کا مجھے ڈر تھا۔ اس دن میں اپنے مکان کا گیٹ کھلتے ہی چپکے سے باہر نکل گیا تھا۔ مالکن کی نظر مجھ پر نہیں پڑی تھی۔ اصل میں مجھے پیشاب بڑے زور سے لگا تھا اور کچھ جی بھی چاہ رہا تھا کہ "لیش" کے بغیر تھوڑی دیر گھوم لوں۔ بڑے والے مکان سے ذرا آگے، پارک کی دیوار کے پاس، پیر اٹھا کر پیشاب کر رہا تھا کہ ان دونوں نے ایک دم حملہ کر دیا۔ ذرا دیر تو مجھے سنبھلنے میں لگی۔ اس کے بعد میں غرایا تو گولو نے پینترا بدل کر میری ٹانگ اپنے دانتوں میں دبانے کی کوشش کی، بلکہ دبا بھی لی۔ اب مجھے سچ مچ غصہ آگیا اور میں نے پلٹ کر اس کی گردن پر وار کیا تو اس کے منہ سے میری ٹانگ چھوٹ گئی۔ مجھے منھ میں کچھ سیٹھا سیٹھا محسوس ہوا لیکن میں نے اپنے دانت گاڑے گاڑے آگے کے داہنے ہاتھ کے پنجے سے اس کی ناک نوچ لی۔

وہ زمین پر گر گیا تو "چھٹکو" بھاگا اور "گولو" نے بھی زور لگا کر جھٹکے سے اپنی گردن چھڑا لی اور بھاگ کھڑا ہوا۔ وہ تو زرّین نے جو لڑائی کی آواز سن کر باہر نکل آئی تھی میرا پٹا نہ پکڑ لیا ہوتا تو میں ان دونوں کو حملہ کرنے کا مزہ چکھا دیتا۔ لیکن خیر۔ اس دن کے بعد سے ان دونوں کی پھر کبھی ہمت نہ ہوئی کہ مجھ پر حملہ کریں اور میں جب بھی آس پاس یا سامنے سے گزرتا تو ان کے گھر کی طرف منھ کر کے کم از کم غراتا ضرور۔ وہ بھی غراتے لیکن بس اس وقت جب ان کی مالکن وہاں ہوتی۔ ان کی آواز سن کر میں سلاخوں والے پھاٹک کی طرف منھ کر کے اس وقت تک بھونکتا رہتا جب تک وہ انہیں لے کر اندر کمرے

میں چلی نہ جاتی۔

(٦)

یاد نہیں یہ انہی جاڑوں کی بات ہے یا پچھلے جاڑوں کی۔ گھر کے سارے لوگ ایک ایک کر کے کہیں چلے گئے، بس زرّیں رہ گی۔ وہ موٹی سی عورت جو میرے برتن دھوتی تھی ان دنوں گھر ہی میں رہتی تھی۔ بس کبھی کبھی تھوڑی دیر کے لیے کہیں چلی جاتی۔ باقی سارے لوگوں کو میری آنکھیں ڈھونڈھا کرتی تھیں لیکن کوئی دکھائی نہ دیتا۔ گھر سونا سونا لگتا۔ کھانا تو مجھے پہلے ہی کی طرح دونوں وقت پیٹ بھر ملتا لیکن جب سے وہ لوگ گئے تھے، مجھے ہڈی نہیں ملی تھی۔ اس کا مزہ ہی کچھ اور ہوتا ہے۔۔۔ شام ہونے لگتی تو زرّین کوٹ پہنا کر اس کی ڈوریاں میرے پیٹ پر باندھ دیتی۔ سردی تو پھر بھی لگتی لیکن میں ساری رات گھر کی رکھوالی کرتا رہتا۔ دن کو نیند پوری نہ ہوتی تو شام کو ذرا سی دیر کے لیے سو جاتا۔ سوتا کیا بس ذرا سی انگھائی لے لیتا۔

ایک شام میں ذرا آنکھ بند کر کے لیٹا ہی تھا۔۔۔ شاید آنکھ بھی نہ لگنے پائی تھی کہ زرّین کی آواز سنائی دی۔ ڈری ڈری آواز۔ میں ایک دم اٹھ کھڑا ہوا اور گردن اونچی کر کے سونگھنے کی کوشش کرنے لگا۔ ایک اجنبی سی بو ناک سے ٹکرائی۔ میں بھونکتے ہوئے چھپر کی طرف بڑھا ہی تھا کہ گیٹ کے پاس کچھ کھٹ پٹ سنائی دی۔ میں نے پلٹ کر دیکھا تو پہلے زرّین نظر آئی، اس کے بعد وہ موٹی سی عورت جو میرے یہاں کام کرتی تھی۔ دونوں گھبرائی گھبرائی سی لگ رہی تھیں۔ میں ان کی طرف لپکا۔ وہ عورتیں زرّین کو پڑوس کے ایک گھر میں چھوڑنے جا رہی تھی۔ میں ساتھ ہو لیا اور اس مکان کے باہر اس وقت تک کھڑا رہا جب تک زرّین دروازہ کھول کر اندر نہیں چلی گئی۔ اس کے بعد دوڑتے ہوئے چھپر تک گیا لیکن وہاں اب کوئی نہیں تھا۔ بو ضرور تھی۔ میں تھوڑی دیر تک وہاں کھڑا ہوا

بھونکتا اور غراتا رہا۔ اس وقت مجھے اپنے آپ پر بھی غصہ آرہا تھا۔ آنکھ نہ جھپکی ہوتی تو اسے بھنبھوڑ ہی ڈالتا۔

کچھ روز بعد سب لوگ آ گئے اور میں صبح کے وقت اور شام میں پھر ٹہلنے جانے لگا۔ ویسے تو میرا مالک جب مجھے ٹہلانے لے جاتا تو خوب مزا آتا، وہ اچھل کود بہت کراتا لیکن سفید بالوں والے کے ساتھ دوسرا ہی مزہ آتا۔ ایک تو آزادی زیادہ رہتی، بات بات پر ڈانٹ نہ پڑتی، اور میں آوارہ پھرنے والے اور ان بڑے چھوٹے کتوں پر جو اپنے اپنے مالکوں کے ساتھ ہوتے دھونس بھی زیادہ جما پاتا۔ میں خود سے تو کسی سے بولتا نہیں تھا۔ غصہ بھی مجھے دیر میں آتا تھا لیکن ڈرتا بھی کسی سے نہ تھا۔ ایک دن جب میں اس سفید بالوں والے (کیا کروں مجھے اس کا نام ہی نہیں معلوم۔ کوئی اسے نام لے کر پکارتا ہی نہ تھا۔ نہ جانے کیوں) کے ساتھ صبح صبح اپنے محلے سے نکل کر چوڑی سڑک پر جا رہا تھا، چھ سات کتوں نے مجھے یک دم گھیر لیا اور لگے بھونکنے۔ میں نے زور کا جھٹکا دیا تو جانے کیسے لیش سے میری گردن آزاد ہو گئی۔ میں زور سے غرایا۔ اس وقت غصہ کے مارے میرا برا حال تھا۔ میں نے گردن گھما کر چاروں طرف دیکھا اور ان میں سے سب سے مضبوط کتے کی طرف چھلانگ لگا کر اس کی ٹانگ دبوچ لی۔ دوسرے کتے تو دھیرے دھیرے "بھوں بھوں" کرتے ہوئے بھاگے اور جن کی ٹانگ میرے جبڑے میں دبی تھی "پیں پیں" کرنے لگا۔

سفید بالوں والے نے مجھے زور سے ڈانٹا اور "نو کانگ لیو ہم" کہا۔ لیکن اس وقت تو مجھ پر بھوت سوار تھا۔ میں نے دانت اور زور سے اس کی ہڈیوں میں گاڑ دیے۔ وہ تکلیف کے مارے زمین پر گر گیا۔ اب مجھے اس پر کچھ کچھ رحم بھی آنے لگا تھا۔ اسی وقت چھڑی میری پیٹھ پر پڑی اور میں نے اس کی ٹانگ چھوڑ دی۔ وہ لنگڑاتا ہوا بھاگا اور سڑک کے

کنارے کی دوکان کے پیچھے چھپ گیا۔ واپسی میں سفید بالوں والے نے مجھ سے کوئی بات نہ کی۔ میں سمجھ گیا کہ وہ مجھ سے خفا ہے۔ جب بھی کوئی ایسی ویسی بات ہوتی وہ بس چپ ہو جاتا۔ ویسے بھی وہ بہت کم بولتا تھا۔

انہی دنوں مجھے پہلی بار ایک کتیا اچھی لگی۔ میری ہی طرح کالی، بھوری اور لمبائی چوڑائی میں مجھ سے بس ذرا سی کم۔۔۔ میں تیزی سے اس کی طرف لپکا تو میرے مالک نے "لیش" کھینچ لی۔ اس وقت میرے بدن کی ایک ایک بوٹی تھرک رہی تھی اور میں جس طرح بھی ہو، اس تک پہنچ جانا چاہتا تھا لیکن وہ اپنے مالک کے ساتھ میری محبت سے انجان بنی چلی جارہی تھی۔ مجھے اس کی یہ بات اچھی نہیں لگی اور میں اسی طرف دیکھتا رہا۔ اس وقت تک جب وہ تیسرے موڑ پر ایک دم میری نظروں سے غائب نہ ہو گئی۔ میں بہت دیر تک اس کے بدن کی خوشبو سونگھتا رہا۔ میٹھی میٹھی خوشبو اور پھر یہ بو میری ناک میں بس گئی۔

شام کے وقت میں باہر نکلتا تو پارک کے کونے پر جھاڑیوں کے پاس، بجلی کے کھمبے سے چپکی کھڑی اور بالوں میں لیٹی ہوئی کئی کتیا دکھائی پڑتیں۔ ان میں سے بس ایک کے بال چمکدار تھے اور ڈیل ڈول میں بھی اچھی تھی لیکن اسی وقت وہ مجھے یاد آجاتی جس نے بس ایک جھلک دکھا کر مجھے اپنا بنالیا تھا۔ دوسری بار تو اسے دیکھنا نصیب ہی نہیں ہوا۔۔۔ پھر کئی دنوں بعد پارک میں دوڑتے دوڑتے میں بائیں طرف اس جگہ جہاں ریت کا ڈھیر لگا تھا کودا تو وہی چمکدار کتیا جیسے میرا انتظار کر رہی تھی۔ میں تیزی سے اس کی طرف بڑھا لیکن جوں ہی اسے سونگھنے کے لیے میں نے اپنی ناک بڑھائی، بدبو کا ایسا زبردست بھبکا آیا کہ میرا سارا عشق ہرن ہو گیا۔ اور میں پارک کی منڈیر پر چڑھ گیا۔ وہ میرے پیچھے پیچھے آرہی تھی۔ اسی وقت میرے مالک نے جو ایک کونے میں لوہے کی سلاخوں کے پاس کسی

سے باتیں کر رہا تھا، مجھے آواز دی اور میں ہو اسے باتیں کرتا ہوا اس کے پاس پہنچ گیا۔

ان دنوں مجھے لگتا جیسے گھر کا ہر شخص جو بھی کام کرتا ہے وہ میرے لیے ہی ہوتا ہے۔ میرا مالک باہر صرف اس لیے جاتا ہے کہ میرے لیے 'ڈاگ بسکٹ' لائے۔ سفید بالوں والا موم پھلیاں لینے، ۔ ایک لمبا سا سفید ڈبہ صرف اس لیے تھا کہ اس میں میرا دودھ اور قیمہ رکھا جائے، مالکن کا کام بس میرے لیے کھانا پکانا تھا اور میرے برتن دھونے اور میرے بیٹھنے کی جگہ صاف کرنا نہ ہوتا تو وہ موٹی عورت کیوں آتی۔ زرّین تو ہر وقت میری دیکھ بھال کیا ہی کرتی تھی۔ مجھے باہر آنگن میں چھوڑ کر وہ اپنے کمرے میں چلی جاتی تو مجھے بہت برا لگتا۔ پھر میں سوچتا شاید سو رہی ہو۔ آخر میں بھی تو دن میں کئی بار سوتا تھا لیکن اس کا کتاب لے کر بیٹھ جانا اور سفید بالوں والے کا اپنے آپ کو کمرے میں بند کر لینا مجھے ایک آنکھ نہ بھاتا۔

مجھے کھانے کو خوب بہت سا ملتا اور وہ بھی مزیدار۔ قیمے میں روٹی ملا کر دی جاتی تو میں پہلے روٹی الگ کر کے سارا قیمہ چٹ کر جاتا اس کے بعد روٹی کے ان ٹکڑوں کی نوبت آجاتی جن میں قیمہ لگا ہوتا۔ کبھی کبھی نرم سی موٹی اور پھولی ہوئی روٹی ایسی کوئی چیز ملتی، وہ بھی بڑے مزے کے ہوتی۔ بس ایک بات مجھے بہت بری لگتی۔ کھانا پلیٹ میں ڈالا جاتا، دودھ دیا جاتا یا وہ سخت سا بسکٹ جسے توڑنے کے لیے مجھے دانتوں سے زور لگانا پڑتا تو کوئی یہ نہیں سوچتا تھا کہ شاید مجھے بہت بھوک لگ رہی ہو۔ مجھے تھوڑی دور پر کھڑے کھڑے یا بیٹھ لیٹ کر انتظار کرنا پڑتا۔ میں کبھی پلیٹ کی طرف دیکھتا اور کبھی کھانا دینے والے کے ہاتھوں کی طرف۔ پھر ہاتھ کی دو انگلیاں ملتیں اور جیسے ہی چٹکی بجتی میں کھانے پر ٹوٹ پڑتا۔

کبھی کبھی مالکن مجھے نلی دیتی جس کے موٹے والے حصہ پر گوشت لگا ہوتا، پہلے تو

میں گوشت چٹ کر جاتا اس کے بعد نلی کو دانتوں سے دبا کر توڑ ڈالتا اور اس کے اندر کا گودا چاٹ ڈالتا۔ ہڈی کی باری اس کے بعد آتی۔ یہ گودا تو قیمہ سے بھی زیادہ مزیدار ہوتا۔ ہڈی ختم کرنے کے بعد بھی گودے کا مزہ یاد کر کے میں بہت دیر تک ہونٹوں پر زبان پھیرا کرتا۔

ڈرتا میں سب سے زیادہ مالک سے تھا اور اس کی آنکھ کا ایک ایک اشارہ بھی سمجھتا تھا لیکن جب سفید بالوں والا موجود ہوتا تو میں مالک سے میں ذرا کم ڈرتا۔ وہ کہتا "کانگ گو" تو میں بڑے مالک کی طرف دیکھتا اور اپنی جگہ گردن جھکائے کھڑا رہتا لیکن اپنے مالک سے آنکھیں ملانے کی ہمت مجھے اس وقت بھی نہ ہوتی۔

"اس وقت نہیں جائیں گے۔" زرّین کہتی، "دیکھ نہیں رہے ہیں ابو بیٹھے ہیں۔"

یہ سن کر میں دو قدم اور آگے بڑھ جاتا۔ سر جھکائے جھکائے۔ سفید بالوں والا وہی سخت سا بسکٹ جیب سے نکال کر میرے سامنے پلیٹ یا کاغذ پر رکھ دیتا اور فوراً ہی چٹکی بجا دیتا۔ مجھے اس کی یہ بات بہت پسند تھی۔ دوسرے کتوں کو نالیوں کے کنارے درختوں کے نیچے اور سڑک پر پڑی ہوئی چیزوں کو کھاتے ہوئے دیکھتا تو مجھے بہت برا لگتا۔ معلوم نہیں ان کے مالک انہیں ٹوکتے نہیں تھے یا وہ ان کا کہنا نہیں مانتے تھے۔ شروع میں تو میں بھی ہر جگہ منھ مار دیتا تھا لیکن سمجھانے اور ایک آدھ بار کی ڈانٹ یا مار کے بعد میری یہ عادت چھوٹ گئی تھی۔ میں اپنے سامنے کسی کو خاطر میں نہیں لاتا تھا۔ تھوڑا تھوڑا مجھے غرور ہو گیا تھا اور میرے گھر کے لوگ! وہ تو تھے ہی سب سے اچھے اور ان کی ہر چیز سب سے اچھی۔

وہ مکان جس کی دیوار میرے گھر سے ملی ہوئی تھی بہت بڑا تھا اور اونچا بھی۔ آس پاس اور بھی بہت سے چمک دار مکان تھے جن میں رہنے والے خوب اچھے کپڑے پہنتے

تھے لیکن مجھے نہ اپنے گھر سے زیادہ کوئی مکان پسند تھا نہ اپنے لوگوں سے زیادہ کوئی دوسرا۔ پاس والے گھر میں دو دو گاڑیاں تھیں۔ ان میں سے ایک بہت بڑی تھی اور دوسری ذرا چھوٹی۔

ایک رات میں اپنے مالک کے ساتھ ٹہلنے کے بعد لوٹ رہا تھا کہ ایک گاڑی آکر اسی مکان پر رکی۔ اس کی روشنی سیدھی میری آنکھوں پر پڑ رہی تھی۔ مجھے بہت برا لگا۔ گھر آکر میں مالک کی اسکوٹر کے پاس جاکر پچھلی گدی پر پیر رکھ کر کھڑا ہوگیا اور میں نے اپنا منھ اس پر ٹکا دیا۔ میرے مالک کی یہ چھوٹی سی گاڑی بھی بہت تیز دوڑتی تھی۔ اس گاڑی کا اس سے کیا مقابلہ ؟ اور پھر اس کے چلنے کی تو آواز بھی ہوتی تھی جو میں پہچانتا تھا۔ ایسی تھوڑی تھی کہ پاس سے نکل گئی اور پتہ بھی نہ چلا۔ میرا مالک اس پر بیٹھ کر کہیں جاتا تھا۔ ایک دن میرے مالک نے اسکوٹر باہر ہی کھڑی رہنے دی اور گیٹ کھول کر مجھے باہر بلایا۔ دھیرے دھیرے میرا سر سہلایا اور کہا، "اسٹے ہیئر" میں سمجھا نہیں اور اس کے ساتھ ساتھ اندر کی طرف بڑھا تو اس نے رک کر اسکوٹر پر ہاتھ رکھا اور بولا، "اسٹے ہیئر۔ آئی ایم کمنگ جسٹ ناؤ۔" اب بات میری سمجھ میں آگئی اور میں اسی جگہ رکا رہا۔

میری مالک کو گھر سے آنے میں کچھ دیر لگ گئی لیکن میں وہیں کھڑا رہا۔ اتنے میں کسی نے آکر گدی پر ہاتھ رکھ دیا تو میں اپنے اگلے دونوں پیر اس کے کندھے پر ٹکا کر زور زور سے بھونکنے لگا۔ وہ بھاگا تو میں نے بھونکتے بھونکتے اس کا پیچھا کیا لیکن پلٹ پلٹ کر اسکوٹر بھی دیکھتا رہا اس لیے وہ جانے کہاں چھپ گیا۔ میری آواز سن کر مالک دوڑا دوڑا گھر کے اندر سے آیا تو میں گدی پر پیر رکھے کھڑا تھا۔ "کیا ہوا کانگ؟" اس نے کہا اور میری پیٹھ پر ہاتھ پھیرا۔ اتنے میں وہی آدمی جس کو میں نے دوڑایا تھا، پارک کے موڑ سے آتا ہوا دکھائی دیا۔ میں غرایا تو میرے مالک نے مجھے چمکارا اور دونوں باتیں کرنے لگے۔ مجھے بڑی

شرم آئی کہ میں اپنے مالک کے دوست کو بھی نہیں پہچانتا۔ وہ میرے مالک اور میرے بارے میں کیا سوچتا ہوگا۔

(۷)

برسات کے دن تھے۔ کل رات ہی میں نے سڑک پر جگہ جگہ پانی بھرے ہونے کے باوجود خوب اچک پھاند کی تھی۔ لیکن اس وقت مجھے اپنا بدن بھاری بھاری لگ رہا تھا۔ روز کی طرح مجھے کھانا دیا گیا لیکن میں اپنی جگہ سے اٹھا تک نہیں۔ مالکن نے بہت کہا لیکن میں نے کھانے کو منہ بھی نہ لگایا۔ زرّین اپنا تھیلا لے کے جا چکی تھی۔ تھوڑی دیر میں میرا مالک گھر سے نکلا تو اس کی نظر میری پلیٹ پر پڑی۔ "کانگ تم نے کھانا کیوں نہیں کھایا؟" اس نے کہا اور میری پیٹھ سہلائی۔ پھر اس نے میرا منھ اونچا کر کے ناک دیکھی اور بولا، "سوکھ رہی ہے" اور پھر میرے سر کو دھیرے دھیرے سہلاتے ہوئے کہا، "ٹمپریچر ہے، ہلکا سا۔" اس کے بعد اس نے میری پیٹھ تھپتھپائی اور مجھے تسلی دی، "شام کو ڈاکٹر صاحب کے پاس لے چلیں گے۔" میں دھیرے دھیرے چلتا ہوا گیٹ تک اسے چھوڑنے گیا۔ اس نے ایک بار پھر مجھے دیکھا اور چلا گیا۔

میں سارے دن برآمدے میں دیوار سے ٹیک لگائے بیٹھا رہا۔ زرّین اپنے وقت پر واپس آئی۔ میری پلیٹ کے کھانے میں چونٹیاں دیکھ کر اس نے سارا کھانا پھینک دیا اور دوسری صاف پلیٹ میں قیمہ دیا۔ میں نے سونگھا تک نہیں، پھر اس نے مونگ پھلی کے دانے دیے۔ میں نے انہیں بھی بس سونگھ کر چھوڑ دیا۔ کچھ کھانے کو جی ہی نہیں چاہ رہا تھا۔ جب گھر کی مالکن نے کھانے کے لیے بار بار کہا تو میں نے منھ دوسری طرف کر لیا۔ شام کو واپس آتے ہی میرے مالک نے پیٹھ چھوئی اور "بخار تیز ہو گیا" کہتا ہوا اندر چلا گیا۔ بس ذرا سی دیر میں باہر آیا اور رکشہ پر بٹھا کر مجھے ڈاکٹر کے یہاں لے گیا۔

ڈاکٹر صاحب کو میں جانتا تھا، میرا مالک اسے یہی کہتا تھا۔ تین چار بار تو وہ دو دو انجکشن لگا چکے تھے۔ تکلیف تو ہوئی تھی لیکن بہت زیادہ نہیں۔ وہ میری پیٹھ پر پیار سے ہاتھ بھی پھیرتے تھے اس لیے مجھے اچھے لگتے تھے۔ انہوں نے میز پر لٹا کر انجکشن لگایا۔ میرے مالک نے میرا منھ پکڑ رکھا تھا۔ اس کی یہ بات مجھے اچھی نہیں لگی۔ کیا میں ڈاکٹر صاحب کو کاٹ لیتا؟

اگلے دن میری طبیعت ٹھیک ہو گئی۔ میں نے ڈٹ کر کھانا کھایا اور شام کو پارک میں خوب ادھم چوکڑی مچائی۔ لیکن تین چار دن کے بعد مجھے پھر بخار آ گیا۔ پھر انجکشن لگایا گیا اور طبیعت ٹھیک ہو گئی۔ لیکن ہر چوتھے پانچویں دن یا آٹھ دس دن بعد بخار آ جاتا۔ کبھی کبھی تو بخار دو دو دن رہتا۔ میں بہت دبلا ہو گیا تھا۔ میری پیٹھ پر لوگ ہاتھ پھیرتے تو ان کی انگلیاں میری پسلیوں سے لگتیں۔ کمزور تو تھا لیکن میری ہمت میں کمی نہیں آئی تھی۔ چار پانچ دن کے بخار سے اٹھا تو اسی شام یا اگلی شام میں پارک میں دوڑ بھاگ کرتے کرتے ہمیشہ کی طرح اس جگہ کود گیا جہاں اینٹوں کے چھوٹے چھوٹے ٹکڑے بکھرے ہوئے تھے۔ آگے کے داہنے پیر میں زور دار ٹیس اٹھی لیکن میں پی گیا اور دھیرے دھیرے چل کر اپنے مالک کے پاس آ کر کھڑا ہو گیا۔ انہوں نے میرے گلے کے پٹے میں "لیش" ڈالی۔ میں ان کے ساتھ چپ چاپ گھر آ کر اپنے گدے پر بیٹھ گیا۔

صبح پیشاب کرانے کے لیے گیٹ کھولا گیا تو میری وہی ٹانگ جس میں رات کو زور دار چمک ہوئی تھی خوب سوج گئی تھی اور مجھے بستر سے اٹھنے میں بہت تکلیف ہو رہی تھی۔ میرا مالک مجھے فوراً ڈاکٹر کے یہاں لے گیا۔ انہوں نے ایک چھوٹی سی چمک دار ڈنڈی سے جس کے ایک کونے پر چکنا سا پتھر لگا ہوا تھا میری ٹانگ کو دھیرے دھیرے ٹھونکا۔ وہ کچھ کچھ پریشان معلوم ہو رہے تھے۔ انہوں نے میرے مالک سے کچھ کہا جو

میری سمجھ میں نہیں آیا لیکن مجھے دوبارہ رکشہ میں بٹھا کر بہت دور لے جایا گیا۔ اتنی دور کہ میں بیٹھے بیٹھے تھک گیا تو پائیدان پر لیٹ گیا۔ آخر وہ مکان آیا جہاں مجھے لے جایا جا رہا تھا۔ میرے مالک نے ایک عورت سے کچھ بات کی۔ اس نے میری طرف دیکھا اور تھوڑی دور جاکر کرسی پر بیٹھ گئی۔ وہاں کئی کتے پہلے سے تھے۔ ان میں سے ایک کو دیکھ کر مجھے اپنی بیماری سے پہلے کے دن یاد آ گئے۔ خوب کسی ہوئی چمک دار جلد، چاروں ٹانگوں پر اوپر کی طرف گوشت ہی گوشت، چوڑا سینا اور دانتوں کی مضبوط پکڑ۔ اس وقت میری حالت دیکھ کر کوئی یہ سوچ بھی نہیں سکتا تھا کہ میں کیسا تھا۔ پھر بھی مجھے یقین تھا کہ میرا مالک علاج کرا کے مجھے پہلے ہی جیسا کر دے گا لیکن اس کی پریشانی دیکھ کر میرا دل کڑھتا تھا، پر میں کر بھی کیا سکتا تھا۔

آخر مجھے ایک مشین کے سامنے کھڑا کیا گیا۔ خوب تیز روشنی ہوئی اور مجھے میز پر سے اتار لیا گیا۔ میرے مالک نے اپنی جیب سے بہت سے روپے نکال کر اس عورت کو دیے۔ مجھے اپنے مالک پر بہت رحم آیا اور اس عورت پر غصہ۔

دو تین دن بعد میں پھر ڈاکٹر صاحب کی میز پر لیٹا ہوا تھا۔ ایک گیلے اور چپچپے سے کپڑے کی پٹی میری اس ٹانگ پر جس میں زوروں کا درد تھا باندھ دی گئی، اوپر سے نیچے تک۔ مجھے بہت برا لگ رہا تھا اور یہ ٹانگ بھاری بھاری بھی لگ رہی تھی۔ گھر آ کر میں نے تھوڑا سا کھانا کھایا اور سو گیا اور بہت دیر تک سوتا رہا۔ آنکھ کھلی تو پٹی سوکھ گئی تھی۔۔۔ میں نے اٹھنا چاہا تو پٹی والی ٹانگ موڑ نہ سکا لیکن کسی نہ کسی طرح اٹھ کھڑا ہوا۔ دو تین دن تک تو اٹھنے اور چلنے پھرنے میں بہت پریشانی ہوئی۔ اس کے بعد میں تین ٹانگوں کے سہارے چلنے اور کبھی کبھی دوڑنے لگا۔ لیکن مجھے دوڑنے سے منع کیا جاتا تھا۔ میری خوراک تو کم ہو گئی تھی لیکن مجھے بخار نہ تھا اور ناک بھی گیلی تھی۔ کھانے کے علاوہ دونوں

وقت دوا ڈال کر مجھے دودھ بھی دیا جاتا تھا جس سے بدن میں کچھ کچھ طاقت آنے لگی تھی لیکن کمزوری اب بھی بہت تھی۔

پہلے تو میں دن میں بھی دو تین بار سوتا تھا لیکن اب سارے دن سوتا جاگتا رہتا۔ اونگھتے اونگھتے وہ دن یاد آجاتے جب میں پارک میں دوڑتا پھرتا تھا اور بھینسوں کو دیکھ کر پاگل ہو جاتا تھا تو میری آنکھوں میں آنسو آجاتے۔ بھینسیں میرے گھر کی جھاڑیوں کو تو اب بھی نہ چھوتیں اور سڑک پر سے تیز تیز چلتے ہوئے گزر جاتیں۔ شاید انہیں یہ نہیں معلوم تھا کہ میں ان پر جھپٹ پڑنا تو دور کی بات، زوروں سے بھونک بھی نہ سکتا تھا۔

ایک دن جانے سب کو کیا ہوا کہ خوب اچھے اچھے کپڑے پہن کر کہیں چلے گئے اور مجھے گھر کے اندر کر دیا۔ میں پہلے تو دروازے کے پاس کان لگائے پیروں کی چاپ سنتا رہا لیکن جب باہر کے گیٹ میں تالا لگانے کی آواز آئی تو میں بدن کا سارا بوجھ تین ٹانگوں پر ڈالے لنگڑاتا ہوا لابی پار کر کے اپنے مالک کے کمرے کے دروازے کے پاس آکر لیٹ گیا۔ لیٹے لیٹے میں نے سوچا کہ میں نے اپنی چھوٹی سی دم، جو ذرا سی خوشی کی بات پر آپ ہی آپ ہلنے لگتی تھی، جانے کتنے دن سے نہیں ہلائی۔ میں نے جھوٹ موٹ خوشی میں اسے ہلانے کی کوشش کی لیکن کچھ نہیں ہوا۔ سر گھما کر پیچھے کی طرف دیکھنے کی کوشش کی لیکن کچھ بھی دکھائی نہیں دیا۔ پھر میں نے بائیں ٹانگ پر ذرا سا زور دے کر کروٹ لینے کی کوشش کی تو بھاری سر پر قابو نہ رہا اور وہ پکے فرش سے ٹکرا گیا، بہت تیز درد ہوا اور آنکھوں کے سامنے تھوڑی دیر تک اندھیرا سا چھایا رہا لیکن کیا کرتا۔ ویسے اس طرح کی تکلیفوں کا اب میں کچھ کچھ عادی ہو گیا تھا۔

پکا فرش پسلیوں میں چبھنے لگا تو میں نے کروٹ بدلنے کی کوشش کی لیکن پلاسٹر کی وجہ سے دوسرا پیر مڑ نہ سکا اور میں ذرا ادھر ادھر ہو کر لیٹا رہا، لیٹے لیٹے شاید ایک جھپکی

آگئی۔ آنکھ کھلی تو لابی کے پیچھے دیوار پر کچھ کھٹ پٹ ہو رہی تھی۔ میں نے سونگھ کر اندازہ لگانے کی کوشش کی۔ کچھ سمجھ میں نہ آیا تو میں اسی طرح لیٹا رہا، چپ چاپ۔ تھوڑی دیر میں آوازیں آنا بند ہو گئیں یا مجھے جھپکی آگئی، آنکھ کھلی تو زیادہ شور ہو رہا تھا لیکن سمجھ میں اب بھی کچھ نہ آیا۔ میں اسی طرح لیٹا ان دنوں کو یاد کرتا رہا، جب ذرا سی کھٹ پٹ ہونے پر میں دیوانہ ہو جاتا تھا اور گیٹ سے مکان کے پیچھے کی دیوار تک دوڑا دوڑا پھرتا اور بھونک بھونک کر آسمان سر پر اٹھا لیتا تھا۔ اتنے میں چرچراہٹ کی آواز کے ساتھ کھڑکی کا پورا چوکھٹا پیچھے کی طرف جھک گیا اور ایک چھوٹے سے قد کا لڑکا لابی میں کودا۔

اس کی نظر مجھ پر نہیں پڑی اور اس نے بڑا دروازہ کھول دیا۔ اب ایک لمبا چوڑا آدمی جس کے ہاتھ میں لوہے کی ایک موٹی سی راڈ تھی، اندر آگیا۔ لوہے کی یہ راڈ میرے ہی گھر کی تھی۔ اس سے مزدور پیچھے کے کھیت میں زمین کھودتے تھے۔ اب چار آنکھوں نے ایک طرف سے اور دو آنکھوں نے دوسری طرف سے ایک دوسرے کو دیکھا۔ نہ میں کچھ بولا نہ وہ دونوں۔ میں نے سوچا کہ شاید مجھے دیکھ کر ہی وہ دونوں ڈر کے مارے بھاگ جائیں۔ لیکن وہ مجھ سے ذرا نہ ڈرے۔ ہو سکتا ہے انہیں میری حالت کے بارے میں پہلے سے معلوم رہا ہو۔

وہ دونوں ڈرائنگ روم کی طرف بڑھے اور ان کی پیٹھ میری طرف ہوئی تو میں نے پہلے بائیں ٹانگ پر زور دیا اور پھر دائیں ٹانگ پر جو موٹے سے سخت کپڑے میں لپٹی ہوئی تھی، زوروں کی چمک ہوئی جس سے میرے منھ سے ہلکی سی "سی" کی آواز نکل گئی لیکن میں برداشت کر گیا اور پچھلی دونوں اور اگلی بائیں ٹانگ پر سارے بدن کا بوجھ ڈال کر کھڑا ہو گیا۔ ایک بار سارے بدن کو ذرا سا پیچھے کر کے اپنی طاقت آنکنے کی کوشش کی۔ اس وقت وہ دونوں کچن سے نکل کر اس کمرے کی طرف بڑھ رہے تھے جس میں سفید بالوں

والا رہتا تھا اور گھر کی مالکن بھی۔ میں ساری ہمت اکٹھی کر کے تخت اور پھر بڑی سی میز کے پاس آ گیا۔ میں نے پھر ایک بار اپنی طاقت کو تولا۔ وزن بہت کم تھا لیکن دل کی طاقت نے پلڑا بھاری کر دیا۔ وہ لوگ کمرے میں داخل ہی ہونے والے تھے۔ میں نے اپنے مالک اور گھر کے سارے لوگوں کو یاد کیا اور ساری طاقت پچھلی ٹانگوں کے پٹھوں میں بھر کر ایک جست لگا دی۔ سوچا تو یہ تھا کہ کم سے کم چھوٹے والے کی گدی تک تو پہنچ ہی جاؤں گا لیکن اس کی کمر تک پہنچتے پہنچتے ہی ہمت اور طاقت دونوں نے ساتھ چھوڑ دیا اور میں بھد سے پکے فرش پر گر پڑا۔

میرے گرنے کی آواز سن کر لمبے والے نے پلٹ کر دیکھا اور مڑ کر اسی لوہے کی راڈ سے میرے پیٹ کے ذرا اوپر دو وار کیے۔ درد کی ایک لہر اور پھر ایک سلاخ سی پورے بدن میں بجلی کی سی تیزی سے دوڑ گئی۔ میں بھونک بھی نہ سکا۔ پھر جب دونوں آنکھوں سے اوجھل ہو گئے اور کمرے کے اندر سے آنے والی "کھٹ کھٹ" کی آوازیں میرے کانوں سے ٹکرانے لگیں تو میں بڑی مشکل سے اٹھا اور تین ٹانگوں پر دھیرے دھیرے چلتا ہوا پہلے والی جگہ پر آ کر لیٹ گیا۔ مجھ پر غشی سی طاری ہو گئی تھی لیکن ایسی بھی نہیں کہ اندازہ نہ کر سکوں کہ کمرے میں کچھ گڑبڑ ہو رہا ہے۔ اگلی داہنی ٹانگ کا درد، پکی زمین پر ٹکرانے سے پسلیوں کی چبھن اور کولہے کی چوٹ ہی کیا کم تھی کہ انہیں آتا جاتا دیکھ کر آنکھوں سے بھی تکلیف کو اپنے جسم میں داخل ہونے دیتا۔ میں نے اپنی آنکھیں بند کر لیں۔

میں کتنی دیر تک غافل رہا یا سوتا جاگتا رہا کچھ بھی نہیں معلوم لیکن جب آنکھ کھلی تو وہ دونوں بھاگ رہے تھے۔ چھوٹے والے کے بارے میں تو نہیں معلوم لیکن لمبے والے کی بغل میں ایک پوٹلی دبی ہوئی تھی۔ میں اپنے آپ کو ہلا بھی نہ سکا لیکن آنکھوں کے سامنے

وہ منظر گھوم گیا جب میں اپنے گھر کی جھاڑیوں سے کس کس کے اپنے موٹے سے پیٹ کو رگڑتی ہوئی بھینس کی دم سے لٹک گیا تھا اور پھر ریل کی پٹڑی کے پاس اس کی دم چھوڑ کر خون کا پورا مزا لینے کے لیے ہونٹوں پر زبان پھیرتے ہوئے گھر لوٹ آیا تھا۔

ابھی خون کے مزے کی یاد پوری طرح سے زبان سے غائب بھی نہ ہوئی تھی کہ میری نظر زرّیں پر پڑی اور پھر گھر کی مالکن پر۔ دونوں کو گھبرائے گھبرائے ادھر ادھر آتے جاتے، پاس پڑوس کے لوگوں کے سوالوں اور زرین کو سسکیاں لے لے کر روتے ہوئے دیکھ کر میں سمجھ گیا کہ کچھ گڑبڑ ہو گیا ہے، لیکن کیا گڑبڑ ہوا ہے یہ مجھے ٹھیک سے معلوم نہ تھا۔ وہ لوگ کیا باتیں کر رہے تھے یہ بھی میری سمجھ میں نہیں آرہا تھا۔ ایسا تو میرے گھر میں ہوتا نہیں تھا۔ اس دن اور کیا کیا ہوا، یہ تو یاد نہیں لیکن کئی دنوں تک دو تین نئے لفظ۔ چور۔ چوری۔ اور پولیس بار بار سنائی دیتے رہے۔

تھوڑی دیر بعد جب میں نے اپنے مالک کے جوتوں کی آواز سنی تو کنکھیوں سے اس کی طرف دیکھا، "اسی دن کے لیے تو پالا تھا اور تم بیمار پڑ گئے کانگ!" اس نے کہا۔ میں نے شرم کے مارے منھ دوسری طرف کر کے آنکھیں بند کر لیں۔ اپنے مالک سے آنکھیں ملانے کی مجھ میں ہمت نہ تھی۔ اسی وقت پیٹ کے پاس سے ایک ٹیس سی اٹھی اور میرے بدن کی ایک ایک بوٹی جیسے کانپ گئی۔ اتنے میں کچھ اور جانے پہچانے لوگ گھر میں آئے اور اسی طرح کی باتیں ہونے لگیں جو میں بہت دیر سے سن رہا تھا۔ کسی نے کہا، "کوئی ایسا ضرور تھا جسے سب معلوم تھا، یہ بھی کہ کانگ بیمار ہے۔"

اپنی بیماری کا ذکر سن کر مجھے اپنے اوپر بہت غصہ آیا۔ ایسی زندگی سے کیا فائدہ کہ اپنے مالک کے کام نہ آسکوں۔ میں کسی سے آنکھیں نہ ملاتا۔ بڑی شرم آتی۔ اسی طرح دو تین دن گزر گئے۔ دھیرے دھیرے سب کچھ پہلے کی طرح ہوتا جا رہا تھا۔ ایک شام

سفید بالوں والا آہستہ آہستہ میری پیٹھ پر ہاتھ پھیر رہا تھا۔ جب اس کی انگلیاں اس جگہ پہنچیں جہاں مجھے لوہے کی راڈ سے مارا گیا تھا تو زوروں کی چمک ہوئی، میں نے پلٹ کر اس کی طرف دیکھا۔ اس نے اسی جگہ پھر ہاتھ پھیرا اور زرّین کو پکارا، "زرّین بیٹی یہاں آؤ۔ دیکھو تو یہ کیا ہے؟"

تھوڑی دیر بعد زرین اور گھر کی مالکن اس جگہ کو دھیرے دھیرے چھو رہے تھے۔ میں اپنی تکلیف ظاہر نہیں ہونے دے رہا تھا اس لیے وہ لوگ پریشان تو تھے لیکن زیادہ نہیں۔ ان کے ہاتھ پھیرنے سے مجھے بھی محسوس ہوا کہ پیٹ کے اوپر اوپر کچھ ابھرا ابھرا سا ہے۔ اتنے میں میرا مالک آ گیا اور اس نے کوئی گیلی گیلی چیز روئی سے اس جگہ لگا دی۔

رات بہت بے چینی سے گزری۔ ویسے تو سوتا میں دن ہی تھا اور رات کے وقت تو میں جھاڑیوں، لوہے کے گیٹ، درختوں والے پتلے راستے اور پیچھے کے آنگن کے بس چکر لگایا کرتا تھا۔ تھک جاتا تو گیٹ کے پاس اس طرح بیٹھ جاتا کہ جھاڑیوں کے پاس والی دیوار سے گھر کے پیچھے تک کی دیوار دیکھ سکوں۔۔۔ جاگتے رہنے کی اس عادت کی وجہ سے رات کاٹنا مشکل ہو گئی۔ لیکن صبح ہوتے ہوتے مجھے معمولی سی جھپکی آ گئی۔ اتنے میں میرے مالک نے پیٹھ پر اسی جگہ دھیرے دھیرے ہاتھ پھیرا تو میری آنکھ کھل گئی۔

(۸)

ڈاکٹر صاحب نے جیسے ہی میز پر لٹا کر اس جگہ ہاتھ پھیرا۔ وہ میرے مالک کی طرف منہ کر کے بولے، "میں کہتا نہ تھا کہ کانگ نے حملہ ضرور کیا ہوگا۔ چوروں نے کسی سخت چیز سے مارا ہے۔"

ڈاکٹر صاحب کی یہ بات سن کر بہت دنوں بعد میری آنکھوں میں چمک پیدا ہوئی اور میں نے اپنے مالک سے آنکھیں ملائیں۔ وہ محبت بھری نظروں سے مجھے دیکھ رہا تھا۔

اسی وقت ڈاکٹر نے کچھ اور کہا جس سے وہ پریشان سا ہو گیا لیکن میری سمجھ میں کچھ بھی نہ آیا۔ اپنے مالک کے پیار بھرے اشارے پر میں ٹانگیں پھیلا کر لیٹ گیا۔ یہ ہاتھ بدن پر رکھے ہوئے ہوں تو پھر کیا پریشانی۔ زیادہ سے زیادہ یہی تو ہو گا کہ ڈاکٹر صاحب لمبی لیکن پتلی سی سوئی پیٹ میں گھونپ دیں گے۔ یہ تو وہ کئی بار کر چکے ہیں، مجھے ذرا بھی ڈر نہیں لگ رہا تھا۔ ڈاکٹر صاحب نے الماری سے دو تین شیشیاں، سوئیاں، دو ایک لمبی لمبی چاقو ایسی چیزیں اور رسی کی ایک جالی نکالی۔ اسے دیکھ کر میرے مالک نے کہا، "ڈاکٹر صاحب اس کی کیا ضرورت، میں منھ پکڑے لیتا ہوں۔"

"نہیں منھ پر جالی ضرور باندھ دیجیے۔ مانا بہت کمزور ہو گیا لیکن ہے تو ڈوبرین۔ پلٹ پڑا تو ہاتھ چبا ڈالے گا۔" انہوں نے کہا۔

"ڈوبرین۔" یہ نام تو میں نے کئی بار سنا تھا لیکن مجھے یہ نہیں معلوم تھا کہ اس کے یہ معنی بھی ہوتے ہیں۔

جالی سے میرا منھ باندھ دیا گیا۔ میرے مالک نے ذرا زور دے کر ایک ہاتھ سے میرا سر داب لیا اور دوسرے ہاتھ سے پیٹ۔ میز پر کچھ کھٹر پٹر ہوتی رہی۔۔۔ پھر ایک دم مجھے لگا کہ اس جگہ کو جو ابھر آئی تھی جیسے چاقو سے کاٹا جا رہا ہو۔ درد کی ایک بہت تیز لہر بدن میں چاروں طرف پھیل گئی لیکن جب سر کے پاس پہنچی تو میں برداشت نہ کر سکا۔ میں نے غصہ سے منھ ڈاکٹر صاحب کی طرف بڑھایا۔ وہ ہڑبڑا کر پیچھے ہٹ گئے تو مالک نے مجھے چمکارا تو میں نے دانت اندر کر لیے اور طے کر لیا کہ کچھ ہو جائے اب سر نہ اٹھاؤں گا۔ میں نے منھ بھی سختی سے بند کر لیا۔

کھال کئی بار کاٹی گئی۔ اندر سے بدبودار پانی چھل چھل بہنے لگا۔ طرح طرح کی دوائیں کاٹی ہوئی جگہ میں بدن کے اندر لگائی گئیں۔ اس کے بعد میری کھال کو سی دیا گیا۔ سوئی

جب جب اندر جاتی، بدن کا رواں رواں کانپ جاتا لیکن میں دل ہی دل میں اپنے مالک سے پکا وعدہ کر چکا تھا کہ چاہے کچھ بھی ہو جائے اپنے منھ سے آواز نہ نکلنے دوں گا۔ یہی میں نے کیا۔ تھوڑے دنوں بعد میرا زخم بھرنے لگا۔ پھر پیروں کی پٹی بھی کاٹ دی گئی۔ مجھے بڑا اچھا لگا۔ اب میں دھیرے دھیرے چلنے پھرنے لگا تھا۔ بدن میں تھوڑی طاقت بھی آگئی تھی۔

کئی دنوں بعد مجھے خوب مل مل کے نہلایا گیا۔ میرے بال چمک اٹھے۔ اور میری آنکھوں میں بیماری سے پہلے کے دنوں کی یادیں ابھرنے لگیں۔ میں تو پارک میں دوڑ بھی لگانا چاہتا تھا لیکن اس کی اجازت نہ تھی۔ اب میں آس پاس کے مکانوں اور ان کے رہنے والوں کو جنھیں بیماری کے دنوں میں بھول سا گیا تھا، دوبارہ کچھ کچھ پہچاننے لگا تھا۔ ایک دن پارک کے دوسری طرف کے کونے پر "گولو" دکھائی دیا۔ جیسے ہی اس کی نظر مجھ پر پڑی آڑ میں ہو گیا۔ اچھا ہی ہوا۔ اسے میری بیماری کے بارے میں معلوم نہ ہوگا نہیں تو حملہ ضرور کر دیتا اور میرا سارا بھرم ٹوٹ جاتا۔ کیسی شرمندگی ہوتی۔

(۹)

رات بھر جاگتی آنکھوں سے سہانے خواب دیکھتا رہا لیکن صبح ذرا سی جھپکی لے کر اٹھا تو بدن بھاری تھا۔ میرا مالک کہیں جانے کے لیے باہر آیا تو میں ایسا بن کے بیٹھ گیا جیسے بالکل ٹھیک ہوں۔ جانے کہاں جا رہا ہے۔ اسے پریشان کیوں کروں۔ شاید جلدی میں تھا۔ اس نے میرے سر پر دھیرے دھیرے گدگدی کی اور چلا گیا۔ اسے خوش دیکھ کر مجھے بہت اچھا لگا۔ میں اس کے پیروں کی چاپ سنتا رہا اور جب یہ آواز غائب ہو گئی میں اسی جگہ لیٹ گیا۔

طبیعت کچھ عجیب سی ہو رہی تھی۔ تکلیف کسی ایک جگہ نہ تھی۔ بدن میں درد کبھی

ایک جگہ ہوتا کبھی دوسری جگہ۔ ایسا درد پہلے تو کبھی نہیں ہوا تھا۔ مجھ سے نہ دن میں کھانا کھایا گیا نہ شام کو۔ زرّین نے بہت چمکارا۔ کھانے کے لیے بار بار کہا لیکن میرا ذرا بھی جی نہ ہوا۔ رات میں جب میرا مالک آیا اور اسے معلوم ہوا کہ میں نے سارے دن کچھ نہیں کھایا ہے تو وہ آکر میرے پاس بیٹھ گیا۔ انہیں کپڑوں میں جو صبح پہن کر گیا تھا۔ مجھے اپنے اوپر بڑا غصہ آیا۔ دن بھر کا تھکا تھکایا گھر لوٹا تو اب میری وجہ سے پریشانی میں پڑ گیا۔ وہ میری پیٹھ سہلانے لگا تو میں نے اس کے دل کا بوجھ کم کرنے کے لیے جھوٹ موٹ بھونکنے کی کوشش کی۔ آواز جیسے گلے میں پھنس کے رہ گئی۔ لیکن میں نے اپنی تکلیف اس پر ظاہر نہیں ہونے دی۔ وہ کچھ مطمئن ہو گیا اور میری چمک دار پلیٹ میں قیمہ اور وہ پھولی پھولی روٹی لے آیا جو مجھے پسند تھی۔ میں اسی طرح لیٹا رہا۔ لیکن جب اس نے کئی بار پیار سے 'کھالو کانگ' کہا تو میں نے سوچا کہ اس کا دل رکھنے کے لیے جیسے بھی بن پڑے ایک دو نوالے تو کھا ہی لوں۔ میں نے ذرا سا قیمہ چکھا ہی تھا کہ جانے کیسے پورا منھ پانی سے بھر گیا اور میں نے پلیٹ میں ہی قے کر دی۔

اگلی صبح پھر مجھے ڈاکٹر صاحب کے پاس لے جایا گیا۔ انہوں نے میری پیٹھ، پیٹ، ٹانگوں اور گردن کو دبا دبا کر دیکھا۔ وہ کچھ کچھ پریشان معلوم ہو رہے تھے۔ اس کے بعد انہوں نے میری ٹانگ اور پیٹ کے بیچ میں شیشے کی ایک پتلی سی نلکی لگا دی۔ یہ پہلے بھی کئی بار ہو چکا تھا۔ میں خاموش لیٹا رہا۔ تھوڑی دیر بعد نلکی نکال کر انہوں نے اپنی آنکھوں کے سامنے کر دی۔ یہ بھی کوئی نئی بات نہ تھی۔ لیکن جب انہوں نے وہ نلکی اسی طرح میرے مالک کی آنکھوں کے سامنے کی تو میں نے سوچا کہ کچھ گڑبڑ ضرور ہے۔ ایسا پہلے کبھی نہیں ہوا تھا۔

ڈاکٹر صاحب نے میری پیٹ میں سوئی لگا دی۔ تکلیف تو ہوئی لیکن کوئی خاص نہیں۔

یہ تو کئی بار ہو چکا تھا۔ لیکن دوسری سوئی جب پیچھے کی بائیں ٹانگ میں لگائی گئی میری جان ہی نکل گئی۔ ایسا لگتا تھا جیسے گاڑھا گاڑھا گرم پانی دھیرے دھیرے اوپر چڑھ رہا ہے۔ جہاں جہاں وہ پانی پہنچتا ایسی ٹیس اٹھتی کہ برداشت کرنا مشکل ہو جاتا۔ لیکن میرے مالک کے ہاتھ نے جو میری پیٹھ پر رکھا ہوا تھا، بڑا سہارا دیا۔

اس سوئی کے بعد تو میرے لیے وہ پیر زمین پر رکھنا مشکل ہو گیا تھا لیکن مجھے بار بار پیشاب لگتا تھا اور باہر جانا پڑتا تھا۔ بڑی تکلیف ہوتی۔ اس پیر کا پنجہ زمین سے چھو بھی جاتا تو ایسی تیز چمک اٹھتی کہ جی چاہتا وہیں لیٹ جاؤں لیکن یہ سوچ کر کہ محلے کے کسی کتے نے مجھے سڑک پر لیٹا دیکھ لیا تو کیا سوچے گا۔ کسی نہ کسی طرح سڑک کے اس پار پیشاب کرنے کی کوشش کرتا۔ پیشاب تو نہ ہوتا بس دو ایک قطرے ٹپکتے۔ میں اپنے مالک کو دیکھتا تو کٹ کے رہ جاتا اور مجھے اپنی بیماری سے گھن آنے لگتی۔ آخر اسے کتنی تکلیف دوں، اور پھر مجھے دیکھ کر اس کے چہرے اور آنکھوں میں جو پریشانی دکھائی دیتی، اسے برداشت کرنا میرے بس سے باہر تھا۔ میں اپنا منھ دوسری طرف کر لیتا۔

میں نے اپنے مالک کو کئی دنوں سے ہنستے ہوئے نہیں دیکھا تھا۔ سفید بالوں والا جب گھر سے باہر جانے لگتا تو گیٹ کے پاس سے واپس آکر ایک بار پھر میرے پاس کھڑا ہو جاتا۔ شام کو گیٹ کھولتے ہی وہ بس ایک سوال کرتا "کانگ کیسا ہے؟" جواب تو کوئی نہ کوئی ضرور دیتا لیکن ہنستے ہوئے میں نے تین چار دن سے کسی کو نہیں دیکھا تھا۔

اب میرے لیے بستر سے اٹھنا بھی مشکل ہو گیا تھا۔ لیکن میرے مالک نے جب رات میں کہا، "کانگ باہر چلو گے؟" تو میرا دل مچل گیا، سامنے والا پارک دیکھنے کے لیے۔ ان کتوں کو دیکھنے کے لیے جو مجھے دیکھ کر کونوں میں دبک جاتے تھے۔ ان کتیوں پر ایک نظر ڈالنے کے لیے جو میرے انتظار میں کھڑی رہتی تھیں۔ اب تو یہ موٹا گدا بھی جو

تھوڑے ہی دن پہلے میرے لیے بنایا گیا تھا بدن میں چبھنے لگا تھا۔ اس پر جب میں پہلی بار لیٹا تھا تو مجھے کتنا اچھا لگا تھا۔ خود اپنا آپ بھی۔۔۔ اسی یاد کے سہارے میں نے بدن کی ساری طاقت تینوں ٹانگوں میں بھری اور دھیرے دھیرے اٹھ کھڑا ہوا اور مالک کے ساتھ لنگڑاتا لنگڑاتا پارک کے پاس جا کر رک گیا۔ رک کیا گیا، بدن نے آگے بڑھنے سے انکار کر دیا۔ جانے کیسے، میں جو بھی سوچتا، جو بھی چاہتا میرے مالک کو اس کا پتہ لگ جاتا۔ اس نے ایک بار بھی آگے بڑھنے کو نہیں کہا اور میری پیٹھ سہلاتا رہا۔ میں نے منھ اٹھا کر جو کچھ بھی دیکھ سکتا تھا، خوب اچھی طرح دیکھا۔ اس کے بعد اپنے گھر کیسے آیا، کیا سوچا، کچھ بھی یاد نہیں۔ پھر رات ہو گئی۔ بڑی لمبی رات کے بعد صبح ہوئی اور سورج کی روشنی چاروں طرف پھیل گئی۔

پہلے پیٹ کے پاس جہاں چوٹ تھی وہاں درد ہوتا تھا۔ پھر پیر میں جیسے ہر وقت سوئیاں چبھتی رہتی تھیں اور اب تو سارا بدن۔۔۔ بس کیا بتاؤں کیا ہو رہا تھا۔ پیٹ میں جانے کیا ادھر سے ادھر چکر لگایا کرتا۔ یہ سب اسی ڈاکٹر کا کیا ہوا ہے۔ میں سوچتا۔ لیکن میرا مالک مجھے پھر اسی کے پاس لے گیا۔ اس نے میری آنکھوں کے اوپر اور نیچے کی کھال کھینچ کھینچ کر بار بار دیکھا۔ میرا منھ کھلوا کر زبان دیکھی۔ لیکن نہ سوئی لگائی نہ کوئی دوا لگائی۔ یہ بات مجھے اچھی لگی۔ اس نے میرے مالک سے کہا، "شام کے وقت کانگ کو نہ لائیے گا، بس مجھے حال بتا دیجیے گا۔" شام اترنے لگی تو میں نے دل ہی دل میں کہا، "چلو پہاڑ ایسا دن تو کٹا۔"

اس وقت میرا مالک ڈاکٹر صاحب کے یہاں ہی گیا ہوا تھا۔ گھر کے باقی سارے لوگ میرے پاس بیٹھے تھے۔ ہر ایک کے چہرے پر پریشانی اور اداسی چھائی ہوئی تھی۔ زرّین تو رو رہی تھی۔ شاید دوسرے بھی رو رہے ہوں۔ مجھے صاف صاف دکھائی نہیں دے رہا تھا۔

اتنے میں گیٹ کھلنے کی آواز ہوئی۔ میرا مالک اندر آیا۔ نیلا پینٹ اور نیلا کوٹ پہنے ہوئے۔ مجھے اس کے یہ کپڑے بہت اچھے لگتے تھے۔ وہ دھیرے دھیرے چلتا ہوا میرے سامنے کی لمبی سی کرسی پر بیٹھ گیا۔ اس نے مجھے دیکھا اور اپنا سر دونوں ہاتھوں سے پکڑ کر "نو نو" کہا اور پھوٹ پھوٹ کر رونے لگا۔ مجھ سے اس کا رونا نہ دیکھا گیا اور میں نے آنکھیں بند کر لیں۔ لیکن کان بند کرنا میرے بس میں نہ تھا اس لیے بہت کچھ سنتا رہا۔ کبھی کبھی آنکھیں کھول کے اپنے مالک کو دیکھتا۔ اسی وقت سفید بالوں والے نے اسے چمٹا لیا، پیار کیا اور پوچھا، "ڈاکٹر صاحب نے کیا کہا۔" میرے مالک کی آواز بھی رندھ گئی تھی۔

"کہتے ہیں صبح تک پیشاب نہ ہو تو زہر دے دیجیے۔ آپ لوگوں کو معلوم نہیں کہ وہ کتنی تکلیف میں ہے۔ دوسرے کتے تو کاٹنے لگتے ہیں۔ ایسے صبر کا ڈوبرین تو میں نے دیکھا نہیں۔" اس نے روتے روتے کہا۔

"ہم اپنے ہاتھ سے زہر نہ دے پائیں گے۔" سفید بالوں والے نے کہا۔

یہ ڈاکٹر صاحب کو کیسے معلوم ہوا کہ مجھے اتنی تکلیف ہے۔ میں نے حیرت سے سوچا۔ اور یہ سوچتے سوچتے میرے منھ سے کراہ نکل گئی۔ میں نے جلدی سے دانت بھینچ لیے۔ اس کے بعد کی یادیں دھندلا گئی ہیں۔ رات گئے تک سارے لوگ میرے پاس بیٹھے رہے۔ اس کے بعد بجلی بجھا دی گئی۔ پھر بھی تھوڑی دیر کے بعد کوئی نہ کوئی آتا۔ پاس بیٹھ کر میرے پیٹ اور سر پر ہاتھ پھیرتا۔ پھر مجھے شاید نیند آگئی یا کچھ پتہ نہیں کیا ہوا۔۔۔ معلوم نہیں کب، جانے کیسے میرے منھ سے زوروں کی چیخ نکل گئی۔ اتنے میں بجلی جلی۔ یہ زرّین تھی۔ اس نے میری پیٹھ پر ہاتھ رکھا ہی تھا کہ سفید بالوں والا آگیا۔ اس نے میرے کھلے ہوئے منھ کو آہستہ آہستہ بند کر دیا۔ پھر دھیرے دھیرے میری آنکھوں پر اس طرح ہاتھ پھیرا کہ دونوں پپوٹوں کے بیچ کی پتلی سی لکیر سے جو دھندلا دھندلا

دکھائی دے رہا تھا وہ بھی غائب ہو گیا۔ آگے والی ایک ٹانگ جانے کیسے لیٹے لیٹے ہی اوپر اٹھ گئی تھی، اس نے وہ ٹانگ بھی دھیرے دھیرے نیچی کر کے گدے پر رکھ دی۔

میں نے آنکھیں کھولنے کی کوشش کی لیکن کچھ نہ ہوا۔ لوگوں کے رونے کی آوازیں سنائی دیتی رہیں۔ کوئی اب بھی میرے بدن پر ہاتھ پھیر رہا تھا لیکن اب ان میں اتنی گرمی نہیں تھی اور میں پہچان بھی نہیں پا رہا تھا کہ یہ ہاتھ کس کا ہے۔ اسی وقت میں نے کئی دنوں بلکہ شاید مہینوں بعد چڑیوں کی چہکار سنی۔ صبح ہونے والی تھی۔ مجھے نہلائے جانے کا وقت۔ اس کے بعد مجھے بس اتنا یاد ہے وہ بھی کچھ کچھ کہ اسی گدے اور میری خوبصورت چادر کے ساتھ مجھے پیچھے کھیت میں لے جایا گیا اور دھیرے دھیرے ایک گڑھے میں اتار دیا گیا۔

نہ میں نے کسی کے رونے کی آواز سنی نہ کسی کو روتے دیکھا لیکن میں جانتا ہوں وہ سب رو رہے تھے۔ مجھے نہیں معلوم کہ میں رو رہا تھا یا نہیں لیکن اتنا پیار کرنے والے لوگوں کو چھوڑتے وقت کون ہے جو اپنے آپ کو رونے سے روک سکے۔

(۱۰)

میں کانگ تھا۔ میں ڈوبرین تھا۔

لیکن میں چوروں کو چوری کرنے سے نہ روک سکا۔ ہاں میں نے جان ضرور دے دی۔ یہ آخری خیال تھا جو میرے دماغ یا بدن یا آس پاس کی ہوا یا مٹی کو چھوتا ہوا گذر گیا۔۔ اس کے بعد مجھے نہ اپنے ہونے کے بارے میں کچھ معلوم ہے نہ اپنے نہ ہونے کے بارے میں۔

***

۷

رشتے

جیسے ہی اس کی آنکھ کھلی اس نے تکیہ کے دونوں جانب کچھ تلاش کیا۔ وہاں اخبار نہیں تھا۔ اس نے لحاف جو سینے تک سرک گیا تھا کھینچ کر ناک کے پاس تک کر لیا، آنکھیں بند کر لیں اور تھوڑی دیر تک اس فقیر کی آواز کا انتظار کرتے کرتے جس سے رات کی ڈیوٹی کرنے کے بعد اکثر بہت سویرے ہی اس کی آنکھ کھل جاتی تھی۔ نہ جانے کب سو گیا۔ دوبارہ آنکھ کھلنے پر اس نے اخبار پر نظر ڈالی ہی تھی اور ابھی سرخیاں ہی پڑھ رہا تھا کہ اس کی بیوی نے دروازہ سے جھانک کر کہا، "اٹھ گئے؟ میں نے ساری کھڑکیاں بند کر کے پردوں پر ایک ایک چادر ڈال دی تھی۔ جانتے ہیں کیا بجا ہے۔ ساڑھے نو، میں ابھی چائے لائی۔"

اس نے چائے کا مگ ختم کرتے کرتے اخبار کا پہلا صفحہ تقریباً پڑھ ڈالا اور اندر کے صفحات کی اہم خبروں پر بھی نظر ڈال لی۔

"کوئی خاص خبر؟" اس کی بیوی نے پوچھا۔

"دو سیاسی لیڈروں کا انتقال، ایک ریل کا حادثہ، بس کھڈ میں گرنے سے نو آدمیوں کی موت۔" اس نے لحاف سے خود کو آزاد کرتے ہوئے کہا اور تقریباً اچھل کر مسہری کے سرہانے کی جانب سے فرش پر آ رہا۔ ایک چپل سامنے ہی تھی، دوسری شاید کسی کے پیر کی ٹھوکر سے ادھر ادھر ہو گئی تھی۔ اس نے جھک کر مسہری کے نیچے سے چپل نکالی۔ ہینگر

پر سے گاؤن اتار کر اس میں جلدی جلدی ہاتھ ڈالے اور سپڑ سپڑ کرتا ہوا باتھ روم کی طرف چلا گیا۔

سراج کی اس بھاگم بھاگ میں اس کی بیوی کو یہ کہنے کا موقعہ ہی نہیں ملا کہ اس کا خالہ زاد بھائی، ہائے کیسا گبرو جوان تھا، شادی کے کچھ ہی دنوں کے بعد ریل کے ایک حادثہ میں مارا گیا تھا۔ سراج بھی شاید جانتا تھا کہ اس نے بیوی کو سانس بھی لینے کی مہلت دی تو وہ یہ کہانی ضرور دہرائے گی۔ جب بھی ریل کے کسی حادثہ کی خبر آتی وہ اپنے مرحوم خالہ زاد بھائی کا ذکر ضرور کرتی۔

باورچی خانہ میں ناشتہ تیار کرتی ہوئی بیوی پر ایک نظر ڈالتے ہوئے وہ کمرہ میں آ گیا۔ اس کی بیوی نے کمرہ کی ساری کھڑکیاں کھول دی تھیں۔ پردے کھینچ کر کونوں میں کر دیے تھے اور کمرہ میں دھوپ بھر گئی تھی۔ اس نے جھک کر باہر سڑک کی طرف دیکھا۔ بائیں جانب سڑک کے کنارے جہاں وہ فقیر بیٹھا تھا، اب خالی پڑی تھی۔ اس نے اطمینان کی سانس لی اور آئینے کے سامنے کھڑے ہو کر بالوں میں انگلیوں سے کنگھی کرنے لگا۔ اتنے میں بیوی نے میز پر ناشتہ لگا دیا۔ تو اس نے اپنے آپ ہی کہا۔

"ریل کے حادثہ میں کوئی موت نہیں ہوئی۔"

"اور دو سیاسی لیڈر؟"

"ان میں سے ایک تو لوک سبھا کا سابق ممبر تھا اور دوسرا سابق وزیر۔" اس نے کہا، "دونوں ہی کی موت کینسر سے ہوئی ہے۔۔۔ اس بیماری سے کوئی نہیں بچ پاتا۔"

"کون سی بیماری سے کوئی بچ جاتا ہے۔۔۔" اس کی بیوی نے کہا تو اسے حلق میں نوالہ پھنستا ہوا محسوس ہوا۔ اس نے جلدی سے چائے کا گھونٹ لیا اور موضوع بدل دیا۔

"آنکھ تو بہت پہلے ہی کھل گئی تھی اس فقیر کی آواز سے، لیکن پھر نیند آ گئی۔"

"پوری نیند سولیا کیجیے۔۔۔ میں نے باہر کا دروازہ بھی کھول دیا تھا کہ اخبار والے کے زنجیر کھٹکھٹانے سے کہیں آپ کی نیند نہ کھل جائے۔"

"لیکن اس کی آواز ہے بڑی کڑک دار۔"

وہ منہ اندھیرے اکبری گیٹ کی طرف سے آتا۔ اپنے تھیلے سے ٹاٹ کا ایک ٹکڑا نکال کر اس سے زمین صاف کرتا پھر دونوں ہاتھوں سے ٹاٹ کے اس ٹکڑے کو ہوا میں لہرا کر اس کی گرد جھاڑتا اور اسے زمین پر بچھا دیتا۔ پھر تھیلے سے ایک پرانا کپڑا نکال کر جس کا رنگ شاید کبھی نیلا رہا ہوگا، اس ٹاٹ پر بچھاتا۔ تھیلا کندھے پر سے اتار کر زمین پر رکھتا، اس میں سے ایک کٹورا نکال کر اپنے سامنے سجاتا اور آلتی پالتی مار کر بیٹھ جاتا۔ پیچھے سے آگے کی طرف کندھوں پر پڑا لال انگوچھا دونوں کونوں سے پکڑ کر دھیرے دھیرے آگے کی طرف کھینچ کر برابر کرتا۔ کٹورے کو ایک بار پھر ادھر ادھر کھسکاتا۔ ایک بار پھر ٹاٹ کے کونوں اور اس پر بچھے ہوئے کپڑے پر ہاتھ پھیرتا کہ اس پر ایک بھی شکن نہ رہ جائے اور آواز لگاتا۔

"اللہ کے نام پر۔۔۔"

اس مکان میں آنے کے بعد پہلی صبح بہت سویرے اس کی آنکھ اسی آواز سے کھلی تھی اور یہ ایک ناگوار تجربہ تھا۔ تھوڑی دیر تک سونے کی ناکام کوشش کرنے کے بعد کچھ تو اس ناگوار تجربہ کا اثر زائل کرنے اور کچھ نئے مکان کے جغرافیہ سے واقفیت حاصل کرنے کے لیے وہ زینہ سے اتر کر سڑک کے کنارے والی دوکان کے چبوترے پر آکھڑا ہوا تھا۔

نیا مکان بہت اچھا تھا۔ صبح کی پہلی کرن دوسرے سارے مکانوں کو چھوڑ کر سب سے پہلے وہیں آتی تھی، ٹھنڈی ہوا کا جھونکا اسی مکان سے ہو کر ساری دنیا تو نہیں کم سے کم

سارے شہر میں ضرور پھیلتا تھا۔ دو بڑے بڑے کمرے، ایک بر آمدہ، کشادہ آنگن، دو میاں بیوی، ایک بچے کے لیے کافی بلکہ کافی سے بھی زائد تھے۔ اس نے اپنے سامنے بیٹھے ہوئے فقیر کی طرف کچھ غصہ، کچھ نفرت، کچھ حقارت اور کچھ اس خواہش کے ساتھ دیکھا کہ اگر اس کی آواز جڑی نہ ہوتی تو مکان اور بھی اچھا ہوتا۔

اس کے سامنے پھیلی ہوئی سڑک جو ایک طرف بڑے بڑے پارکوں، دریا، تاریخی عمارتوں اور نیم آباد بستیوں سے اور دوسری طرف گنجان آبادیوں سے جڑی تھی، اب جاگ گئی تھی۔ صبح سیر کرکے واپس آنے والوں میں ایک شخص نے اس کے کٹورے میں سکہ ڈالا تو اس نے پنجوں کے بل کھڑے ہو کر کٹورے کے اندر جھانکنے کی کوشش کی۔ کٹورے کے اندر کئی سکے تھے۔ اسی لمحے فقیر نے کٹورا اٹھایا، ادھر ادھر دیکھا اور کسی کو آس پاس نہ پاکر سارے پیسے ہاتھ میں الٹ کر جھولے میں ڈال لیے اور آواز لگائی، "اللہ کے نام پر۔"

وہ مسکرایا، لیکن اس کی مسکراہٹ میں کچھ کچھ غصہ بھی شامل تھا۔ وہ سڑک سے واپس آیا تو اس کی بیوی انتظار کر رہی تھی۔ اسے دیکھتے ہی بولی، "آپ کو بستر پر نہ پاکر میں تو پریشان ہوگئی تھی، پھر کھڑکی سے جھانک کر دیکھا تو آپ سڑک کے کنارے کھڑے تھے۔ جلدی سے دانت صاف کر لیجیے، چائے تیار ہے۔"

غسل خانے جاتے ہوئے اسے جانے کیا سوجھی کہ اس نے باتھ روم کے فلش کی زنجیر کھینچ دی۔ پانی چھل چھل کرتا بہنے لگا اور وہ اس ڈوبتی ہوئی آواز کو سننے لگا۔ وہ جس مکان سے یہاں منتقل ہوا تھا اس میں فلش نہیں تھا۔

کیتلی سے چائے انڈیلتے ہوئے اس کی بیوی نے کہا، "ابھی تو جلدی میں سامان یوں ہی رکھ دیا ہے۔ جب قاعدے سے ساری چیزیں سجاؤں گی تو مکان بہت اچھا لگے گا۔"

"ہوں۔" اس نے کہا اور کمرہ پر پسندیدگی کی نظر ڈالی۔ کمرہ میں کئی الماریاں تھیں۔ سڑک کی جانب کھلنے والی چار بڑی بڑی کھڑکیاں اور دوسرے کمرہ سے ملانے والا بڑا سا دروازہ اور خاصی اونچی چھت۔ وہ چھت کی بلندی آنکھوں ہی آنکھوں میں ناپنے کے لیے نظریں اوپر اٹھا کر کچھ کہنے ہی جا رہا تھا کہ فقیر کی آواز، "اللہ کے نام پر" اور کٹورے میں سکہ کے گرنے کی آواز ایک ساتھ ہی سنائی دیں۔ شاید کسی نے خاصی اونچائی سے سکہ اس کے کٹورے میں ڈالا تھا۔

تین چار دنوں میں ان دونوں نے مل کر سارا سامان قرینے سے سجا دیا۔ ویسے ایسا کوئی زیادہ سامان تھا بھی نہیں۔ دو مسہریاں، ایک دو چھوٹے بڑے پلنگ، کپڑوں کے چند بکس، معمولی سا فرنیچر اور دو چار کتابیں۔ بائیں جانب کی کھڑکی کے پاس کا کونہ اس کی بیوی نے، وہ آرام کرسی ڈالنے کے لیے جو سراج کے والد کی یادگار تھی، منتخب کی اور کہا، "یہاں کھڑکی پر گلاب کا ایک گملا رکھ دوں گی۔ آپ صبح اسی کرسی پر ٹانگیں پھیلا کر آرام سے اخبار پڑھا کیجیے گا۔ میں اُدھر۔۔۔" دوسری طرف اشارہ کیا، "چھوٹی تپائی رکھ دوں گی۔ آپ کی سگریٹ کی ڈبیا، دیا سلائی، ایش ٹرے، اسی پر رکھی رہیں گے۔ چائے پیتے وقت پیالی بھی اسی پر رکھ لیا کیجیے گا۔ ورنہ ہاتھ میں لیے رہتے ہیں اور جلدی سے چائے ختم کرنے کے چکر میں منہ جلا لیتے ہیں۔"

ان چھوٹی چھوٹی باتوں میں ریحانہ کی یہ دلچسپی اسے پسند آئی۔ اس نے کھڑکی کے قریب جا کر باہر جھانکا، وہاں کوئی نہ تھا اور جس جگہ وہ فقیر بیٹھا تھا، وہاں ایک موٹر کھڑی تھی لیکن اس کی کڑک دار آواز، "اللہ کے نام پر" جیسے اس کے کانوں سے ٹکرائی اور اس نے کہا، "یہ جگہ تو بالکل سامنے ہی ہے۔ اس کی آواز سیدھی یہاں آئے گی۔ آرام کرسی وہاں" اس نے کمرے کے دوسرے کنارے کی آخری کھڑکی کی طرف اشارہ کیا، اس

جگہ ڈال دی جائے تو زیادہ بہتر رہے گا۔"

کرسی اس کونے کے بجائے اس کونے میں ڈالی گئی تو مسہریوں، بڑی میز، ریڈیو، سنگار میز غرض ہر چیز کی جگہ بدل گئی اور کمرہ بالکل دوسرا ہی لگنے لگا۔ چند دنوں بعد دونوں نے ایک نہایت خوبصورت ڈائننگ سیٹ بھی خرید لیا جسے دوسرے کمرہ میں جس میں ایک تخت، ایک معمولی سا صوفہ سیٹ، سینٹر ٹیبل، ایک میز، ایک الماری پہلے ہی سے رکھی تھیں، ان دونوں نے جگہ جگہ رکھ کر یہ اندازہ لگانے کی کوشش کی کہ اس کے لیے کون سی جگہ مناسب رہے گی۔ اس میں پورا دن لگ گیا۔

اس نے کئی بار کسی نہ کسی بہانے اس کمرہ میں جاکر چیزوں کی نئی ترتیب اور خاص طور پر ڈائننگ ٹیبل کا معائنہ کیا۔ پھر شام ہوئی تو دن بھر کی تکان کے سبب جلدی سے کھانا کھا کر وہ دونوں لیٹ گئے۔ ریڈیو سے خبریں ختم ہوئیں تو وہ بستر سے اٹھا، کھڑکی پر کھڑے ہو کر اس نے دو چار لمبے لمبے سانس لیے۔ اوپر برآمدہ میں آکر دھیرے دھیرے دوسرے کمرہ کا دروازہ کھولا، چپکے سے بجلی جلائی، جیسے اسے ڈر ہو کہ اس کمرہ میں بجلی جلنے کا کسی کو علم ہو گیا تو وہ اس کے دل کا چور پکڑ لے گا۔ چیزوں کی ترتیب پر فخریہ نظر ڈالی اور بجلی بجھاتے بجھاتے ڈائننگ ٹیبل پر جس کی سن مائکا روشنی میں اور بھی چمک رہی تھی، دھیرے دھیرے ہاتھ پھیرا اور سن مائکا کے پھولوں کی خوشبو اور رنگوں کا احساس اپنی ناک اور آنکھوں میں لیے دوسرے کمرہ میں آگیا۔

"کہاں گئے تھے؟"

"کہیں نہیں۔"

ریحانہ نے کچھ اور نہ پوچھا۔ اگر وہ کچھ اور پوچھتی تو اسے کم سے کم اس بات کا یقین تو دلاتا ہی کہ وہ ڈائننگ ٹیبل دیکھنے اس کمرہ میں نہیں گیا تھا۔ کوئی بھی بہانہ کر دیتا۔ لیکن

جب اس نے پوچھا ہی نہیں تو وہ اپنی صفائی کیسے دے۔

"کیا سو گئے؟" تھوڑی دیر بعد ریحانہ نے آہستہ سے پوچھا۔

"نہیں تو۔"

"اپنے دوستوں کو کب بلایئے گا؟"

"جب کہو۔"

"آپ کا آف پرسوں ہے نا؟"

"ہاں تو بلا لیجیے۔۔۔ رات کے کھانے پر۔"

اس کے بعد دونوں بہت دیر تک دعوت کے انتظام کے بارے میں باتیں کرتے رہے۔ پہلے تو یہ طے کیا گیا کہ کس کس کو بلایا جائے۔ اس کے دوستوں میں دو تین شادی شدہ تھے۔ چنانچہ ان کی بیویوں کو بھی مدعو کرنے کا فیصلہ کیا گیا۔

"تم اپنی سہیلیوں کو بھی کیوں نہیں بلا لیتیں؟ بار بار پریشان ہونے سے فائدہ۔" اس نے کہا تو اس کی بیوی نے اپنی قریبی سہیلیوں کے نام گنائے۔ جب چار سہیلیوں کے نام گنا کر اس نے کہا 'بس' تو سراج نے کہا، "کوئی رہ تو نہیں گیا؟"

"ایسا تو کوئی رہ نہیں گیا جسے بلانا ضروری ہو۔"

"اور شیلا؟"

"ارے اس کا نام تو میں بھول ہی گئی تھی۔ لیکن کیا بات ہے آپ شیلا میں بہت دلچسپی دکھا رہے ہیں۔ کیا پسند آ گئی ہے؟"

ایک زوردار قہقہہ بلند ہوا جس میں تھوڑی دیر بعد وہ بھی شامل ہو گئی۔ اسی وقت نہایت تیز ہارن بجاتا ہوا ایک ٹرک سڑک پر سے گزرا تو اس کی ہلکی ہلکی روشنی کمرہ میں پھیل گئی اور دونوں کی نظر شاید ایک ہی ساتھ گھڑی پر پڑی۔ پونے بارہ بجے تھے۔

"اچھا اب سوجائیں۔ پونے بارہ بج گئے، صبح سویرے ہی۔۔۔" اس نے جملہ مکمل نہیں کیا لیکن دونوں ہی کو علم تھا کہ مکمل ہونے پر اس جملہ کا ہدف کون بنے گا۔

ادریس بے حد جوش میں تھا۔ اپنی بات منوانے کے لیے اس نے اپنی آواز بھی اونچی کرلی تھی، "جی نہیں، یہ غلط ہے۔" اس نے شیکھر کی دلیل کاٹی، "ہم لوگ بنیادی طور پر کاہل ہیں، آٹھ بجا نہیں کہ جماہیاں لینا شروع کر دیں۔ صبح دیر سے سو کر اٹھے۔ ذرا سا کام کیا اور تھک کر پلنگ پر دراز ہو گئے۔ یورپ کے لوگوں کو دیکھا ہے کہ کس طرح کام کرتے ہیں۔"

"دیکھا ہے۔" شیکھر نے جو ایک بار اپنے بھائی کی دعوت پر لندن ہو آیا تھا کہا، "ہفتہ میں دو دن۔۔۔ سنیچر اتوار۔۔۔ تو کام کی طرف پلٹ کر دیکھتے بھی نہیں۔"

"اور یہ نہیں دیکھا کہ پانچ دن کس طرح کام کرتے ہیں۔"

شیکھر جواب کی تلاش ہی میں تھا کہ بلراج نے اس کی مشکل آسان کر دی۔

"میں نے ہسٹری پڑھی ہے۔ میں جانتا ہوں یہاں کے عام لوگ کبھی خوشحال نہیں رہے۔ اور وجہ وہی ہے جو میں ہمیشہ بتاتا ہوں۔۔۔ گرمیوں میں بے حد گرمی، جاڑوں میں بے حد جاڑا، اور برسات میں بے حد بارش۔۔۔ کوئی کام کرے بھی تو کب کرے۔" اس نے کہا اور شیکھر کے چہرہ پر پھیلتی ہوئی مسکراہٹ دیکھ کر بولا، "جناب یہ بات میں نہایت سنجیدگی سے کہہ رہا ہوں۔۔۔ ہمارے ملک کے قصے کہانیوں میں فقیروں کے جتنے واقعات اور کیریکٹر ملتے ہیں، دنیا کے کسی ملک کی کہانیوں میں نہیں ملیں گے۔"

"اب آئے ہیں آپ مسئلہ کے اصل پہلو پر۔" عثمان نے جو اب تک ساری بحث میں خاموش بیٹھا رہا تھا کہا، "ہمارے قصے کہانیوں میں فقیروں کی بھرمار اس بات کی علامت ہے کہ یہاں کے لوگ یہ سمجھتے ہیں کہ خود محنت کیے بغیر، دوسروں کی محنت کے

بل بوتے پر زندگی گزاری جاسکتی ہے۔ اصل میں یہ رویہ ذمہ دار ہے ہماری غربت کا۔"

ملک کی ترقی کی دھیمی رفتار کی بحث جب فقیروں پر آکر رکتی ہوئی معلوم ہوئی تو میاں بیوی نے ایک دوسرے کو دیکھا۔ ان دونوں کے درمیان ایک کرخت آواز ہوا میں معلق تھی۔ مہمانوں کو رخصت کر کے جب وہ دونوں اپنے کمرہ میں دعوت کی کامیابی کا جائزہ لینے بیٹھے تو سراج نے کہا، "بھائی تم تو بہت اچھا کھانا پکانے لگی ہو۔"

"عثمان تو بہت تعریف کر رہے تھے۔"

"سب کو پسند آیا۔" سراج نے کہا۔

"شام بڑی دلچسپ گزری۔ لیکن یہ آپ لوگ ہر چیز کو اتنی سنجیدگی سے کیوں لیتے ہیں؟"

"کیوں، کیا ہوا؟"

"ارے آپ کی بحث سے کیا ملک کی غربت دور ہو جائے گی۔۔۔ جانتے ہیں آپ لوگوں نے کتنی دیر تک بحث کی ہے۔ پورے دو گھنٹے اور اتنے زور زور سے کہ محلہ والے سوچ رہے ہوں گے کہ لڑائی ہو رہی ہے۔"

"ہم لوگ بحث ہی تو کرتے ہیں۔" وہ سراج کی بات سمجھی نہیں اور بولی، "لیکن کوئی حد بھی ہوتی ہے اور آخر میں تو میں ڈر سی گئی تھی۔ میں نے سوچا کہ ان کو معلوم تو نہیں ہو گیا ہے۔"

سراج کچھ نہ بولا۔

"بس وہ نہ ہوتا تو یہ مکان بالکل بے عیب تھا۔"

"میں نے تو اسی وقت کہا تھا کہ سامنے والا فلیٹ لے لو۔ اس میں ایک کمرہ بھی زیادہ تھا اور سڑک سے ذرا فاصلہ پر بھی تھا۔ کرایہ بیس ہی روپے تو زیادہ تھا۔"

"لیکن مجھے کیا معلوم تھا۔" وہ شاید کچھ اور کہتی لیکن اسی وقت نسرین بستر میں کنمنائی اور وہ اسے تھپکی دے کر سلانے لگی۔ زینہ بے حد گرم تھا۔ اس نے دوسری بار زور سے دروازہ بھڑ بھڑایا تو "آتی ہوں" کہتی ہوئی وہ بھاگی اور دروازہ کھولا تو سراج کو پسینہ میں شرابور کھڑا پایا اور بے حد نڈھال بھی۔

"کیا دروازہ کھولنے میں زیادہ دیر لگ گئی، ایک ہی بار تو آپ نے کھٹکھٹایا تھا۔"

"دوبار۔"

کمرہ میں داخل ہوتے ہی ریحانہ نے پنکھے کی رفتار تیز کر دی۔ پسینہ سے بھیگے ہوئے جسم پر گرم ہوا بھی اچھی لگتی لیکن پسینہ خشک ہو گیا تو اسے پنکھے سے لو نکلتی ہوئی محسوس ہوئی۔ اس نے منہ پر پانی کے دو چھینٹے مارے اور چائے کا انتظار کرنے لگا۔

"بے حد گرمی ہے۔ آج آپ کو دیر بھی ہو گئی۔"

"ہوں۔"

"کیا بہت کام تھا دفتر میں؟"

"نہیں تو۔۔۔ بس میں ایک حادثہ ہو گیا۔"

"کیا ہوا۔۔۔ کوئی بس کے نیچے آ گیا کیا۔۔۔ مرا تو نہیں؟"

"مر گیا۔"

"ہائے کون تھا وہ؟"

"بس کے نیچے آ کر نہیں۔ بس میں ہی۔"

"بس میں؟"

"سٹی اسٹیشن سے بس چلی ہی تھی کہ بڈھا سا آدمی جو اپنے سامنے والی سیٹ کو دونوں ہاتھوں سے پکڑے کھڑا تھا، یوں گر پڑا جیسے دیوار کے سہارے کھڑی کی گئی سوکھی لکڑی

ہوا کے ایک جھونکے سے گر جائے۔ بس فوراً روک دی گئی۔ کنڈ کٹر نے کہا جسے اترنا ہے اتر جائے، بس سیدھے کوتوالی جائے گی۔ کسی نے کہا، راستہ میں جو اسٹاپ پڑیں ان پر مسافروں کو اتارتے چلنا۔ ایک صاحب بولے، مجھے جلدی ہے۔ شام کی گاڑی سے پلیو بھیت جانا ہے۔ پہلے بس کو ٹھاکر گنج کے اڈے تک لے چلو، وہاں سے تھانے چلے جانا۔ غرض لوگ اپنی اپنی کہہ رہے تھے کہ ڈرائیور نے ایک دم بس اسٹارٹ کر کے سیدھے کوتوالی میں جاکر کھڑی کر دی۔ وہ تو میں کھسک آیا ورنہ بیان گواہی کے چکر میں پھنس جاتا تو اور دیر لگتی۔"

"کچھ پتہ چلا کون تھا؟"

"ٹھیک سے معلوم نہ ہو سکا۔ میلے سے کرتے کے نیچے صدری میں سو سو کے کئی نوٹ تھے۔ اوپر کی جیب میں کچھ روپے اور ریز گاری تھی۔"

"معلوم نہیں کون تھا بے چارہ، ہوا کیا تھا اسے؟"

"شاید فقیر تھا۔" اس نے سوال کے دوسرے حصہ کو نظر انداز کر دیا۔

"فقیر تھا! یہ کیسے معلوم ہوا؟"

"بس اندازہ ہے۔"

اسی لمحہ وہ کرسی پر سے اٹھی اور یہ دیکھنے کے لیے کہ باہر سڑک پر اب بھی لو کے تھپیڑے چل رہے ہیں یا نہیں، اس نے کھڑکی تھوڑی سی کھول کر باہر جھانکنے کی کوشش کی تو سراج بولا، "وہاں کیا دیکھ رہی ہو۔ وہ ہم لوگوں والا فقیر نہیں تھا۔۔۔ دیکھ لینا کل صبح پھر۔۔۔"

"مجھے تو اب سچ مچ بڑا غصہ آتا ہے۔" ریحانہ نے کھڑکی بند کی۔ "کل ترکاری والے نے اس کی چادر پر ترکاری رکھتے ہوئے جب کہا کہ بابا اب ہم اچھے ہو گئے ہیں اور کل سے

ٹھیلا لگائیں گے تو معلوم ہے اس نے کیا کہا تھا۔" اس نے سراج سے پوچھا لیکن جواب کا انتظار کیے بغیر بولی، "اس نے کہا، میں نے دعا کی تھی۔" جیسے ترکاری والے بابا اسی کی دعا سے تو اچھے ہوئے ہوں۔ ایسے ہی پہنچے ہوئے ہوتے تو سڑک کے کنارے بیٹھ کر کر ہر آنے جانے والے کے سامنے ہاتھ نہ پھیلاتے۔" دونوں کے دل اب بس والے واقعہ پر افسوس کے بجائے نفرت اور غصے سے بھرے تھے۔ یہ بادل شاید پوری رات کی نیند کے بعد ہی چھنٹے ہوں گے۔

اسے سنیما دیکھنے سے کوئی خاص دل چسپی نہ تھی۔ اس لیے ایک دن جب دفتر سے واپسی پر اس نے جیب سے دو ٹکٹ نکال کر میز پر رکھ دیے تو ریحانہ کو بے حد حیرت ہوئی۔

"آج کدھر سے چاند نکلا ہے؟" اس نے کہا۔

"دفتر میں سب تعریف کر رہے تھے تو میں نے بھی ٹکٹ خرید لیے۔"

"کس شو کے ہیں؟"

"نو سے بارہ۔۔۔ سوچا شام کے شو کا لوں گا تو بھاگم بھاگ دفتر سے واپس آنا پڑے گا۔ اب تم بھی آرام سے تیار ہو جاؤ گی اور میں بھی ذرا سستا لوں گا۔"

وہ ذرا سی دیر میں چائے بنا کر لائی اور دونوں چائے پینے لگے۔ نسرین پاس کے کسی گھر میں بچوں کے ساتھ کھیلنے گئی تھی۔ تھوڑی دیر تک وہ دونوں اس فلم کے ایکٹروں، کہانی کار اور پروڈیوسر کے بارے میں باتیں کرتے رہے، باتیں کرتے کرتے اسے اپنی سیاسی زندگی کے ایک ساتھی کی یاد آگئی جو فلموں میں ایک بار چمک دکھا کر جانے کہاں غائب ہو گیا تھا۔

"تم نے پرنیتا دیکھی ہے نا؟"

"آپ اپنے دوست تنویر کا ذکر کر رہے ہیں؟" اسے یاد آیا کہ وہ ریحانہ سے اس فلم

کا ذکر کئی بار کر چکا ہے۔

"ہاں، بڑی عمدہ ایکٹنگ کی تھی اس نے۔ چھوٹا سا رول تھا، فقیر کا لیکن یاد رہ جاتا ہے۔" لفظ فقیر پر ریحانہ کو جیسے ایک دم کوئی بات یاد آگئی۔ بولی، "کچھ سنا آپ نے۔ وہ فقیر جو سامنے بیٹھتا تھا، وہ پرسوں مر گیا۔"

"پرسوں۔"

"ہاں پرسوں۔۔۔ بوا نے آج ہی بتایا۔ انہی کے محلے میں تو رہتا تھا۔"

"لیکن میں نے تو آج ہی صبح اس کی آواز سنی تھی۔"

"آج صبح۔۔۔ وہ تو سات آٹھ دن سے بہت بیمار تھا۔ اس درمیان آیا بھی نہیں۔ آپ کو دھوکا ہوا ہو گا۔"

سراج کچھ نہ بولا۔ دونوں گردن جھکائے اپنی اپنی پیالیوں کو دیکھتے رہے۔ دونوں نے باری باری اس خاموشی اور سناٹے کو اپنے اپنے طور پر توڑنے کی کوشش کی۔ لیکن انہیں کامیابی نہیں ہوئی۔ سراج نے پیالی کے نچلے حصے پر یہ معلوم کرنے کے لیے ہاتھ پھیرا کہ چائے گرم ہے یا نہیں۔ لیکن کوئی اندازہ نہ کر سکا تو اس نے پیالی منہ سے لگائی۔ چائے شاید بالکل ٹھنڈی ہو چکی تھی۔ اس نے پیالی میز پر رکھ دی اور کچھ کہے بغیر دوسرے کمرہ میں جا کر کوئی رسالہ پڑھنے لگا۔

کافی دیر کے بعد شاید سگریٹ کی ڈبیا کی تلاش میں وہ سونے کے کمرے میں گیا تو ریحانہ پرانے کپڑوں کی مرمت کر رہی تھی۔ اس نے گھڑی دیکھی۔ ساڑھے نو بجا تھا۔

***